献给司各特

马克斯
苏萨克
小说作品

Fighting Ruben Wolfe

格斗

〔澳〕马克斯·苏萨克 著

朱润萍 译

北京联合出版公司
Beijing United Publishing Co.,Ltd.

图书在版编目（CIP）数据

格斗 /（澳）苏萨克著；朱润萍译 . —北京：北京联合出版公司，2014.4
（马克斯·苏萨克小说作品）
ISBN 978-7-5502-2858-0

Ⅰ.①格… Ⅱ.①苏… ②朱… Ⅲ.①长篇小说—澳大利亚—现代 Ⅳ.① I611.45

中国版本图书馆 CIP 数据核字（2014）第 072049 号

版权贸易合同登记号
图字：01-2014-3096

FIGHTING RUBEN WOLFE by MARKUS ZUSAK
Copyright: ©2000 by MARKUS ZUSAK
This edition arranged with SCHOLASTIC AUSTRALIA PTY LIMITED
Through Big Apple Agency, Inc., Labuan Malaysia.
Simplified Chinese edition copyright: 2014 SHANGHAI INTERZONE BOOKS CO., LTD.
All rights reserved.

格斗

策　　划：英特颂·阎小青

责任编辑：喻　静

特约编辑：刘　婧

美术编辑：林若贤

北京联合出版公司出版

（北京市西城区德外大街 83 号楼 9 层　100088）

江阴金马印刷有限公司印刷

全国新华书店经销

字数 200 千字　880 毫米 ×1270 毫米　1/32　6.5 印张

2014 年 10 月第 1 版　2014 年 10 月第 1 次印刷

ISBN 978-7-5502-2858-0

定价：25.00 元

目录

赛狗场艳遇

为获得美好的自由生活而坚持到底。这一刻，我突然觉得很悲哀。这是一个骗局，标榜着货真价实的东西，其实里面空无一物。

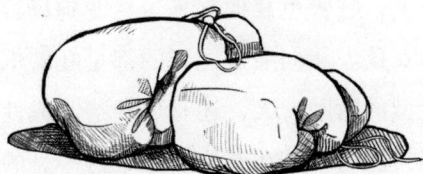

我们下注的那条狗看起来更像一只耗子。

"'狗不可貌相'，我赌它跑起来会像风一样灵动。"说话的人是鲁本。我哥哥鲁本·沃尔夫是个非常不错的小伙子，他总是面带微笑（那种法兰绒般、让人感到平和温暖的微笑），趿拉着一双破旧的皮鞋，经常先往地上啐一口，然后再冲着你展开他那招牌式的微笑，这是他的习惯动作。

这个冬天一如既往地令我们感觉不爽。

鲁本和我，走进空旷、落满灰尘的看台，在最下面一排坐下来。

一个性感的女孩从我们身边走过。

天呐！我在心中暗暗惊叹。

"天呐！"鲁本居然大声叫出来。

我俩都注意到这个女孩并立刻被她吸引，眼神久久停留在她身上，呼吸也急促起来。在赛狗场，很少有机会能看到这么漂亮的女孩。我们通常碰到的都是吐着烟圈的瘦小女人，要不就是吃货型的臃肿女人，还有那种嗜酒成性的邋遢女人。此时此刻，我们关注的可是在赛狗场上难得一见的靓妞。如果她上跑道参加比赛，我一定会倾其所有，将赌注全押在她身上，因为她简直棒极了！

令人遗憾的是，我只能享受视觉盛宴而已：那高挑白皙的美腿，可远观而不可亵玩焉；那圆润丰盈的双唇展现出阳光般的微笑，却照不到黑暗中的我；那令人遐想连篇的翘臀，我也触摸不到；那颗欢腾雀跃的心，也不是为我跳动。

我收回视线，把手伸进口袋，掏出一张面值十元的钞票转移注意力，缓解一下心绪。我当然喜欢多看几眼美眉，但是一旦看得太久，总会受伤，每次都如此。从我坐的位置看过去，眼睛一会儿就酸了。为了不让自己太沮丧，我就像往常一样和鲁本闲扯起来："鲁本，我们的赌注是再大点儿呢，还是只押这十块钱？"在美好的香艳之都，在这样一个天色灰暗的下午，我却只能和鲁本闲聊。

"鲁本，咱们押几块钱呀？"我又问了一次。

没有回应。

"鲁本？"

一阵风吹过，一个罐头盒被吹得四处流浪，发出叮叮当当的响声。一个可恶的家伙在我们身后抽着烟，还不时地咳嗽。

"鲁本，我们到底还下不下注？"

我碰了他一下，没有反应。

我又反肘去捅他的胳膊。

鲁本这才回过神看着我，嘿嘿一笑，说："好的！下注吧。"

首先，我们得找个成年人帮忙下赌注（我俩都还太小，不到参与赛狗的法定年龄）。这种人很多，他们衣衫褴褛，总是会盯上你，让你加大赌注筹码，有时你押注的赛狗赢了，他们会无耻地要求与你一起分彩头儿。不过，我知道必须远离这样的人，不能让他们找上你。同时，你需要迁就这些可怜的老酒鬼。我在内心默默祷告，以后自己老了可千万别落到这步田地。分点儿彩头给别人其实无所谓，但关键问题是要先赢钱，可我们从来都没有赢过钱。

"快点。"鲁本站起身催促我，示意我们该去买赌注了。我的目光还停留在远处那个女孩的大腿上。

我的上帝呀！我心中一惊。

"我的上帝呀！"鲁本脱口而出。

在下赌注的窗口那里，我们遇到了一点儿小麻烦。

（我们看到了）警察。

真见鬼！这些警察到这里干什么？我心中直犯嘀咕。

"见鬼，他们来这儿干什么？"鲁本想啥说啥。

说实话，我并不讨厌警察，我觉得他们挺可怜的。他们必须戴那么难看的帽子，腰间系上搞笑的西部牛仔皮带。既要显得足够冷酷，又要给人平易近人的感觉。为了保持威严，必须留胡子（男的就不说了，有时候女的也要留胡子，多可悲呀）。在警校期间，他们每天都要接受俯卧撑、仰卧起坐、引体向上等诸如此类的训练。只有全都合格了，才可以得到许可重食人间烟火，品尝甜面包圈这样的美味。他们接下来的工作就是跑去告诉别人你们家有人出车祸了……这种生活周而复始，了无生趣。算了，快别说了吧。

"你看到那个正在啃腊肠圈的猪头没有？"鲁本指着一个警察说道。他根本没把周围巡逻的警察放在眼里。他们算什么呢？鲁本径直朝一个正在吃沾满沙拉酱的腊肠圈的警察走过去。事实上一共有两个警察！一个是吃着腊肠圈的男警察，另一个是巧克力肤色的美女警察，头发都卷在警帽里（额头的刘海肆意撩拨在眼睛上）。

鲁本和我走到他们跟前，攀谈起来。

鲁本·沃尔夫调侃道："怎么样，警官？"

男警察嚼着食物回答道："挺好的，伙计，你呢？"

鲁本接着问："腊肠圈很好吃吧？"

男警察咽下食物，"味道不错。伙计，你有看别人吃东西的癖好吗？"

"多少有点儿吧。这个腊肠圈多少钱？"鲁本问个不停。

男警察一边吞咽食物，一边回答："一块八。"

鲁本笑着说："这么贵，你肯定是上当受骗了。"

男警察上钩了，"是呀，我也觉得有点儿贵。"

鲁本自顾自地说："我觉得你应该把那家店主抓起来，审问一番。"

刚吃完腊肠圈、嘴边还残留着沙拉酱的男警察回应道："我应该先把你抓起来审问一番。"

鲁本用手指了指他嘴角的沙拉酱，"为什么？"

男警察一边用手擦掉嘴边残留的沙拉酱，一边回应道："因为你是个自作聪明的小傻瓜。"

鲁本瞟了一眼女警察，毫不掩饰地挠着裤裆，转移了话题："你在哪儿泡到她的？"

男警察有点儿沾沾自喜，"就在小卖部。"

鲁本又瞟了她一眼，没有停止手上的动作，"多少钱？"

男警察终于吃完了那根腊肠圈，"一块六。"

鲁本不挠裤裆了，"你抢劫啊？"

男警察一脸严肃的表情，"嘿，伙计，你说话最好小心点儿。"

鲁本掸了掸法兰绒的破衬衫并提了提肥大的裤子，问道："他们收你沙拉酱的钱了吗？涂在腊肠圈上的那些。"

男警察转身看着赛场，没有作答。

鲁本靠近他再次发问："嗯，收你钱了吗？"

"两毛钱而已。"男警察被逼得没法遮掩了。

"才两毛钱，沙拉酱？你以权谋私了吧？！"鲁本吃惊地问。

"是呀。"警察对自己有点儿失望。

鲁本试着用诚实认真的语气（至少是诚实的，或者是认真的）问道："你这么做简直是丧失原则！你到底有没有点儿自控力？"

警察反应过来了，"你找我有事吗？"

鲁本一本正经，"当然没事，警官。"

"确实没事吗？"男警察有点儿不相信。

这时，和男警察一伙儿的深肤色的女警察和我交换了一下尴尬的眼神。我脑海里浮想联翩，想象着她没穿制服的样子，对我而言，她只是穿着性感的内衣。

鲁本回答男警察提出的质疑："是的，警官，我很确定。我不打算做任何事儿。弟弟和我只是很享受这座城市异常阴沉的一天，欣赏着跑道上疾驰的赛狗而已。"我觉得像他这样一个没有内涵的草包，就是爱拽文。鲁本说完这些，反问男警察："难不成这也算犯罪？"

男警察很厌烦地问："那你为什么过来跟我们说话？"

　　肤色健康的女警察再次与我对视。我猜想她一定穿着漂亮的内衣。

　　"哦，我们只是……"

　　男警察有点儿不耐烦了，"只是什么，你们到底想干什么？"

　　女警官美貌非凡，清新可人，散发着迷人的气息。我沉浸在对她的幻想中：她在洗泡泡浴，如出水芙蓉般站了起来，冲我微笑，我不禁浑身颤抖。

　　鲁本哈哈大笑道："哦，我们只是希望你能帮忙为赛狗下赌注而已……"

　　女警察走出浴缸（当然是在我的幻想中）大声呵斥："开什么玩笑？"

　　我抬起自己被美妙想法充溢得快要爆炸的脑袋，惊讶地问："鲁本，你在开什么国际玩笑？"

　　鲁本扇了我一嘴巴，"我不叫鲁本！"

　　我猛然从幻想回到现实，"噢，对不起，我弄错了，你是，是詹姆斯，你个废物。"

　　男警察一边把残留着沙拉酱的腊肠圈包装袋用力地揉成一团，一边问："什么废物？"

　　鲁本故作痛苦地喊道："天呐，无所不能的上帝，怎么还有人愚蠢到竟然连废物是什么都不知道？"

　　男警察一脸茫然，好奇地问："废物到底是什么？"

　　我的注意力又转向巧克力肤色的女警察。她大约五点九英尺，我猜想她一周七天中至少有四天晚上会去警察健身房锻炼身体。她高挑纤细，身材惹火，正是每天清晨我希望能从镜子里看到的那个让你神清气爽、魂牵梦绕的美女。

她竟然朝我眨了眨眼睛，也许是抛了个媚眼。

我心里窃喜，大脑一片空白，不知道该说些什么了。

我听到鲁本说话："就是这样子，亲爱的。"

性感的女警察开口了："你喊谁'亲爱的'，小白脸？"

鲁本没搭理她，转过身对着那个连废物都不知道的男警察说："你会帮我们下赌注吧？"

"废物"男警察继续白痴地问："你说什么？"

我小声地说："真是太荒谬了。"但我的声音细如蚊蝇，没有一个人听到。周围的人群行色匆匆地从我身边经过，去窗口下注。

我仍旧沉浸在幻想中——女警察对我挑逗说："你想尝尝我的味道吗？"我赶忙回答："乐意至极！"哈哈，这正是我所期待的美好时刻。

"好吧！""废物"男警察突然冒出这么一句。

这句无厘头的回答让鲁本有点儿震惊，"你说什么？"

"我帮你们下注。"

鲁本犹豫了一下，难以置信地问道："真的吗？！"

"废物"男警察又强调了一遍，"没错，我一向都是如此古道热肠，乐于助人。是不是，凯丝？"

一直置身事外的女警察，显然对此毫无兴趣，"你愿意怎么说就怎么说吧。"

我却很不识相地冒出一句，"这不太道德吧？"

鲁本一脸的难以置信，冲我大吼："你神经错乱了吗？"（最近，鲁本骂我的时候已经厌倦了使用"大脑抽筋"这个词，他觉得用

"神经错乱"会让他显得更成熟，或者很世故。总而言之，他想变化一下。）

"没有，只是……"

我还没有说完，他们三个竟然一起对我喊："闭嘴！"

真是三个大坏蛋。

"废物"男警察问："你看好的那条赛狗，是几号？"

鲁本欢天喜地说道："3 号。"

"叫什么名字？"

"你这杂种①"

废物男警察大怒："什么？！"

鲁本连忙解释："这真是狗的名字，我发誓。你可以看看这个赛狗名单。"

我们都探头去看名单，动作出奇地一致。

"给狗起这么个名字，他们是怎么通过审查的？"我好奇地问道。

鲁本无奈地解释道："因为今天有很多业余选手参赛，他们认为只要有四条腿能跑就行，哪管什么名字不名字的。你看，今天赛狗群中居然连条贵宾犬都没有，真是奇怪！"

鲁本有些莫名的紧张，他看着我，自言自语地说："相信我，小家伙儿会为我跑起来的。"

"废物"男警察问："就是那只看起来像耗子的赛狗吗？"

优雅的女警察接过话茬儿，"大家都认为，它跑起来风驰电掣。"

"废物"男警察把腊肠圈的包装袋扔进垃圾桶，拿着我们的

----

① "你这杂种"（You Bastard）是鲁本选中的 3 号赛狗的名字。

钱，帮我们下赌注去了。

接下来你看到的场景是：鲁本自顾自地神经质地笑个不停；女警察的玉手搭在翘臀上等待着；我呢，卡梅隆·沃尔夫，幻想着和女警察在我姐姐的床上肆意地做爱。这有点儿大煞风景，是不是？

但是。

除了幻想，你还能让我做些什么呢？

男警察下注回来时，告诉我们他自己也额外押了十块钱。

"你不会失望的。"鲁本点头吹嘘着，伸手接过我们的票后，接着说，"嘿，我应该去告发你，教唆未成年人参与赌狗，这是件'不优雅的事'。"

[以我对哥哥一直以来的了解，他从来都不会简洁明了地说"丢脸"（disgrace）这个词。一般而言，他会把这个词分成两部分说出来，"不"（dis-）和"优雅"（grace）。]

"告发我什么？"警察忍不住笑着说，"除了我们之外，你还想告诉谁？"

"必须是警察。"鲁本想都不想，脱口而出。我们都禁不住大笑起来，一起朝看台走去。

我们坐下来，心急如焚地等待着比赛开始。"你选中的'你这杂种'，最好跑快点儿。"男警察大声地警告鲁本，但是没人搭理他。你可以想象一下，当看台上的这些人比如说训练员、投机商人、盗贼、赛马的赌徒、肥猪、胖妞、烟鬼、酒鬼、腐败的警察和没什么文化的青年人，都聚精会神地想着赛狗和全神贯注地盯着跑道时，你想和别人搭话，简直就像用大刀砍空气，毫无用处。

"它看起来的确像耗子。"当我们选中的那条像黄鼠狼一样骨瘦如柴的灰狗小步摇晃着从面前跑过时，我忍不住说，"真见鬼，谁说它跑得飞快啊？"

"我哪儿知道。"男警察一副恨铁不成钢的样子。

"我可不知道它像什么，但是我知道它跑得很快。"鲁本自以为是地答道。

"加油，快跑！"

男警察和鲁本此时此地居然成了形影不离的朋友。一个身着警察制服，留着乌黑整齐的平头；一个衣衫褴褛，留着浅棕色的披肩卷发，浑身散发出不知名的古龙香水的气味。作为一个吸溜着鼻涕的新手，他眼中的火花已熄灭，手上还残留着被指甲刷出来的印痕。不用说，第二个人就是我哥哥，像忠诚的狗一样，他是货真价实的沃尔夫家族的一员。

接下来是女警察。

然后是我。

我们都在渴望着什么。

"比赛终于开始了！"

从扬声器中传出来解说员的声音，快速播报着领先的那只赛狗的名字。赛道上奔跑的赛狗有"嚼靴子"、"字典"、"没有战利品"、"道德败坏"、"遗传的猎犬"。关键问题是它们都跑在"你这杂种"的前面，我们的赛狗就像被捕鼠器夹住屁股的老鼠一样，在后面惊慌失措地奔跑着追赶着。周围的观众都站了起来。

振臂高呼，如痴如醉。

女警察也异常激动。

人们抑制不住内心的激动，不断发出声嘶力竭的尖叫声。

"加油，'看图说词'！加油，'看图说词'！"

有人纠正道："是'字典'！"

"什么？"

"跑在最前面的是'字典'！"

"不会的，加油呀，'看图说词'！"

"啊，忘了吧，不可能的！"

人们鼓掌尖叫，激动不已。

在观看赛狗的过程中，我一直默默留意着那个令我心仪的女警察。在我眼中，她酥胸浮凸，美腿修长，绰约动人，让我神魂颠倒。

赛狗场内，瞬息万变，出现转机了——我们的耗子"你这杂种"终于挣脱老鼠夹的束缚，追了上去，扭转了失利的局面。

鲁本和男警察眉飞色舞、心花怒放。

他们激动得差点儿要唱出来，"加油，'你这杂种'！加油，'你这杂种'！"

赛道上所有的赛狗都紧追着那只滑稽的兔子不放，而看台上所有的人就像越狱犯似的，伸长脖子，紧张地观望着。

奔跑！

期待！

世界的全部就是追逐！

悬而未决的追逐！

为获得美好的自由生活而坚持到底。这一刻，我突然觉得很悲哀。这是一个骗局，标榜着货真价实的东西，其实里面空无一物。

　　我的周围依然充满着持续的加油声和尖叫声。

　　"加油，'道德败坏'！"

　　"加油，'没有战利品'！"

　　鲁本和男警察一起大喊："加油，'你这杂种'！加油，'你这杂种'！"

　　赛况空前激烈，耗子在赛道的外围飞速奔跑，紧紧咬住第一名，突然失去了平衡，落在后面，成了第四名。

　　"不要呀，你这狗杂种！"鲁本的脸部肌肉抽搐着，这次他没喊狗的名字而是在骂娘。他拼命跺着脚，好像是命令我们选的赛狗重新夺回第一名似的。

　　他的跺脚居然灵验了。

　　"你这杂种"接下来跑得很好。

　　它获得了第二名！鲁本看看手中的票，向男警察提出了一个关键性的问题："你赌的是前三名还是第一名？"

　　看着男警察那猪肝似的脸色，我们也猜得到，他铁定是全部押第一名，要么大获全胜，要么一无所有。

　　"咳，好吧，你的确是有那么一点儿没用。你认为呢，伙计？"鲁本苦笑道，重重地拍了一下男警察的后背。

　　"是的。"男警察欲哭无泪。他不再是"废物"。他是一个活生生的人，一个在所有赛狗全速冲刺的一瞬间，暂时忘记全世界的家伙。他的名字是盖瑞——一个有点儿娘娘腔的男孩名字。不过，现在又有谁关心这些个不相关的事儿呢？

　　我们与两位警察道别。在回家的路上，我一直在想关于她的事情。

有一天晚上我梦到了凯丝，就是那个黑玫瑰女警察，我把她与我的性幻想对象进行了对比。

每个周六的晚上，我家都是相同的场景：姐姐一般都不在家；哥哥会静静待在屋里，不发出一丝声响；爸爸通常是在读报纸；沃尔夫夫人，也就是我们的妈妈会早早上床休息；鲁本和我会简短地聊几句再各自回房睡觉。

走到前门廊，我对鲁本说："我喜欢她。"

鲁本意味深长地笑着，边打开门边说："我早看出来了。"

卡梅隆夜话

"嘿，鲁本，睡了吗？"

"你觉着呢？我才上床两分钟而已，哪能就睡着了呢。"

"你上床可不止两分钟了。肯定比两分钟长。"

"就是两分钟。"

"好吧，就算是比两分钟长吧，你这个可怜虫。"

"快说吧，你到底想要干什么，啊？能不能告诉我，你叫我到底想要干什么？"鲁本冲我嚷嚷。

"我想让你把灯关了。"

"没门儿，做梦。"鲁本一口回绝。

"就该你关灯。因为我先进屋的，而你现在又离开关那么近。"

"那又怎么样？我是哥哥，你应该敬重你的哥哥，自己关灯。"鲁本根本不给我面子。

"你太不够意思了！"

"那就让灯一直亮着，爱咋咋地！"

灯大约亮了十分钟，猜猜谁妥协了，当然是我。最后是我关掉了灯。

我大声控诉鲁本："你这个变态！"

"谢谢。"

醉酒的莎拉

她不得不承受失败的折磨，就像我们家所有其他人一样。

倔强地微笑着，本能地微笑着，虚伪地微笑着，然后躲在一个别人看不到的阴暗角落里，舔干净自己的伤口，使劲儿咬自己的手指头，牢记这次伤痛。

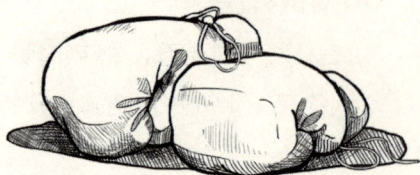

凌晨三点钟，卫生间传出动静，听声音，是莎拉在里面呕吐。我起床过去看她，莎拉正蜷缩在马桶边上，像捧着摇篮似的抱着马桶，头深深地扎了进去。

与沃尔夫家族的其他所有人一样，她的头发很浓密。我勉强睁开蒙眬的睡眼，关切地看着她，发现她的一小撮儿头发上面缠了一些呕吐物。虽然我极其厌恶呕吐物的气味，但还是先用卫生纸擦掉了散发着恶臭的秽物，然后用湿毛巾彻底清理干净她的那些头发。

"爸爸？"

"是爸爸吗？"

莎拉抬起头，转向我，差点儿碰到马桶沿儿。"是你吗，爸爸？"姐姐开始大哭起来。过了一会儿，她止住了哭泣，把我拉下来双膝着地跪着。她努力打起精神注视着我。然后，她把手搭在我的肩膀上，又开始号啕大哭，泣不成声，哽咽着说道："我很抱歉，爸爸。我很抱歉，我……"

我告诉她："是我，卡梅隆。"

"别骗人，"她回应道，"爸爸，不要骗我。"她穿着红色上衣，口水流到了脖颈里，她哭得心灰意冷、万念俱灰。她穿着一条露股沟的超低腰牛仔裤，把屁股包得紧紧的，令我惊讶的是她这种穿法居然没把屁股勒出血印。她的脚后跟虽然没擦破皮，可是她的鞋在脚踝那里留下了勒痕。哎，可怜的姐姐。

"别对我撒谎。"她喋喋不休地说着，所以我只好打住。

我停止了徒劳的解释，接着她的话说："好吧，莎拉，是我，我是爸爸。我扶你上床吧。"出乎意料，莎拉自己站起来了，摇摇晃晃走进她的房间。我赶紧帮她脱掉鞋，防止鞋带勒到她的脚。

她躺在床上，喃喃自语。

我倚靠着床坐在地板上，听见从她嘴里断断续续地传过来几句话。

"我厌倦了，"她说道，"为什么受伤的总是我。"她不停地说呀说，语不成句，渐渐慢下来，进入了梦乡。

我觉得睡觉对她而言是最好的选择。

她最后一句话是："谢谢你，爸爸……我的意思是，谢谢你，卡梅隆。"然后她把手搭在我的肩膀上，不动了。我勉强挤出一丝微笑，你可以想象出我的笑有多么无奈：一个人，大半夜，在姐姐的房间里，浑身发冷，特别拘谨，几近崩溃地坐在那儿，看着从头到脚、从里到外浑身散发着酒气，凌晨三点才归家的姐姐，你说，这个人能挤出什么样的笑容。

我紧挨着莎拉的床坐着，思考着到底发生了什么事情，让她这样对待自己。"她很寂寞吗？"我自问，"她不高兴吗？她很恐惧吗？"要是我明白原因就好了，但我只是在瞎猜。算了，别瞎猜乱想了，因为我根本不可能猜出什么。就好像问鲁本和我为什么去赛狗一样，不是因为我们不想学好，或者我们不适应周围的环境，也不是因为其他的理由。无论是我们去赛狗，还是莎拉喝醉酒，都是没有原因的。她曾经有过一个男朋友，后来却离开她了。

"别胡思乱想了，"我命令自己，"停止思考这一切。"但无论如何，我也阻止不了自己大脑的动作。甚至在我强迫自己想其他事情的时候，也于事无补，我只好继续思量着沃尔夫家族其他成员的生活状况。

我的爸爸是个水管工，几个月前，因为工作时的突发事故而失去了他的工作。当然，他因为工伤得到了赔偿，但是从那之后他就接不到什么活儿干了。

我的妈妈沃尔夫夫人，努力地替别人打扫房子赚钱，最近又在医院里找到了一份新工作。

我的哥哥史蒂夫，他努力工作着，渴望着有朝一日可以离开这个家。

剩下的就是少不更事的鲁本和我。

"卡梅隆？"

莎拉的声音把我的思绪拉回到现实生活中——充斥着波旁威士忌、可乐和其他鸡尾酒饮料混合气味的房间。

"卡梅隆……"

"卡梅隆……"

喊了两声后，莎拉又睡着了。

接着，鲁本走进来，咕哝了一声："她怎么了？"

"你能去冲一下卫生间吗？"我问。他照做了，因为我听到了马桶起伏的排水声。

凌晨六点钟，我醒了，回到鲁本和我的房间。

我本想在离开的时候亲一下莎拉的脸颊，但我没这么做。我想还是用手压一压自己的头发吧，最后也放弃了——因为无论怎么压它，都是徒劳的，我那倔强的头发，始终桀骜不驯地直立着。

清晨七点钟左右，我彻底清醒过来，又过去看了一眼莎拉，确保她没有让自己成为超级明星而引起所有人的围观，没有被自己的呕吐物呛着。还好，她安然无恙。只是她的房间成了一个恐怖的地方——里面的气味太难闻了：

果汁味，

香烟味，

宿醉残留物的恶臭味，

莎拉躺在那里，和这气味融为一体。

阳光从她房间的窗户透进来。

我从她的房间走出去。

这是一个星期天。

我穿着运动裤和T恤，光着脚吃完早饭，压低电视机音量看完了电视剧《狂怒》的大结局。接着电视播出了一档商务节目，主持人穿着西服，打着领带，把假手帕别在西服口袋里。

"卡梅隆。"

史蒂夫在叫我。

"史蒂夫。"我答应着，这就是我们哥俩一整天所有的对话，喊一声彼此的名字就是他与我打招呼的方式。他通常很早就离开家，包括星期天在内。他住在家里，却相当于不在家。他会去看他的朋友或者去钓鱼，或者只是单纯地玩消失。如果他愿意，他也会离开这个城市去乡下，那里的水很清，每个从你身旁经过的人都会和你打招呼。他工作着，等待着，这就是他生活的全部，这就是我哥哥史蒂夫。他会给父母支付很多额外的生活费，想让他们过得宽裕点，但是父母从来不要他的钱。

沃尔夫夫妇太有自尊心了。

沃尔夫夫妇太固执己见了。

爸爸说我们可以维持生计，他很快就会有活儿做的。但是他口中的"很快"好像总没到来。日子就这么过着、苟延残喘着，妈妈一个人艰难地撑着家，都快累垮了。

一天就这样过去了。晚上，我终于又见到莎拉。在晚饭前，她走进客厅对我说："谢谢。"

"说真的，谢谢你。"莎拉温柔地对我说。她眼神里流露出的某些神情让我想起了《老人与海》：老人那破旧的帆就像一面永远会战败的旗帜。这就是莎拉的眼神传达给我的东西。尽管她在点头，在微笑，可是眼神中却隐约闪现出一丝失败的苦涩。她不太自然地坐在沙发上，暗示着她情感纠结，她不得不承受失败的折磨，就像我们家所有其他人一样。

倔强地微笑着，本能地微笑着，虚伪地微笑着，然后躲在一个别人看不到的阴暗角落里，舔干净自己的伤口，使劲儿咬自己的手指头，牢记这次伤痛。

吃晚饭的时候，鲁本回来晚了，但比史蒂夫要早一些。

下面请瞧一下沃尔夫一家在餐桌前的众生相吧。

妈妈很斯文地吃着晚餐。

爸爸嘴里塞满烤焦的香肠，心中咀嚼着失业的酸楚。爆裂的下水管道导致他下颚骨折，划破了他的脸。伤口已经开始愈合。是的，伤口愈合得很好，至少从表面上看，他的皮肤还不错。

　　莎拉完全沉浸在自己的世界里，一副"非得把事情想明白不可"的架势。

　　我呢，正在盯着其他几个人看。

　　鲁本在干什么？尽管晚饭后，我和鲁本还有苦差事要做，但这似乎并没有影响他的兴致，他正在狼吞虎咽地吃着，还时不时地笑一下。

　　爸爸最终把这个话题摆到了我们面前。

　　晚饭后，爸爸开口了："那个……"他看着鲁本和我。

　　"那个"是什么意思？我心里想着。

　　"'那个'是什么意思？"鲁本明知故问，其实我俩都知道接下来要去做些什么。

　　因为就在刚才我们与一个邻居达成协议：帮他遛狗，一周两次，周三和周日。在周围大多数邻居的眼里，我和鲁本就是无所事事的小混混。为了博得凯斯的欢心（他是住在我家左侧的邻居，平日我们可没少作弄他），我们决定帮他遛狗，因为他没有时间。这当然是妈妈的主意，"父母教，须敬听；父母命，行勿懒"，我们得照做。我和鲁本确实有很多缺点，但是，我并不觉得我们是问题少年或者游手好闲的人。

　　像往常一样，鲁本和我拿起夹克衫就出了家门。

　　搞笑的是，我们要遛的那条波美拉尼亚小狗，居然叫米菲。我的神呀，它叫凶猛的米菲。那是个多么不相称的名字呀。我俩始终认为遛狗是件丢人的事情，所以我们一直等到天黑才去了隔壁邻居家。鲁本高声喊道："嘿，米菲！米菲！"他咧着嘴笑，"到鲁本叔叔这边来。"这个令人难堪的毛茸茸的小东西像一个糟糕的芭蕾舞女演员一样，扭扭蹦跶着朝我们跑过来。

我可以向你打包票，如果在遛狗时见到熟人，我们绝对会压低帽檐把头转向另一边。我的意思是，我们需要去躲避很多像我们这样的家伙，他们会羞于与陪一条叫米菲的波美拉尼亚小狗散步的人为伍。想想我们生活的环境吧：交错杂乱的街道、污秽恶臭的垃圾、拥堵繁忙的交通。人们彼此大声喊叫，声音超过电视里的最大音量。重金属摇滚艺人和一群小流氓没精打采地从身旁经过……两个幼稚的白痴沿着这条路走着，遛一个小毛团儿。

失控的生活。

可事情就是这样。

很丢脸。

"太可耻了。"鲁本说道。

今天晚上，米菲的心情很好。

"米菲。"

"米菲。"

我自己念叨的次数越多，就越想笑。这条该死的波美拉尼亚犬，怎么叫这名字。

当心点儿，米菲可能会抓伤你呀！

不过，它和我们相处得倒还算融洽。

我们走出家门。

我们陪它散步。

我们议论它。

"我们就是奴隶，伙计。"鲁本得出结论。我们停下脚步，看一眼这条小狗，又继续走。"看看我们，你、我、米菲，还有……"

鲁本的声音逐渐变小。

"还有什么？"

"什么也没有。"

"你到底想说什么？"

他很容易就屈服了，因为鲁本是那种心里憋不住话非得一吐为快的人。

刚到家门口，鲁本就直视着我说："今天，我和朋友杰夫聊天，他说大家在议论莎拉。"

"议论什么？"

"说她四处闲逛，总是醉醺醺的，到处都传开了。"

他刚才说的话，是我理解的那个意思吗？

到处都传开了？

他确实是这么说的。

他是这样说的，这件事儿将彻底改变鲁本的生活，把他送上拳击场。

从此，他会成为女孩们关注的焦点。

从此，他会少年得志、名利双收。

这也会让我紧随鲁本之后。其实，促成所有这些大事发生的仅仅是一件小事——鲁本在学校痛打了一个说莎拉床技平平的家伙。

回到现在吧，鲁本、米菲和我。

我们站在家门口。

"我们是一群狼。"①鲁本用一句引人深思的话结束了对话。

---

① 英文中的姓"Wolfe"沃尔夫和狼"wolf"有着同样的发音。

　　"狼群当然要享受最高的礼遇，他们应该去捕食波美拉尼亚犬，而不是陪它们散步。"

　　然而，我们却在陪一条狗散步。

　　记住我的话，再也不要答应你的邻居帮他遛狗。

　　否则，你会后悔的。

卡梅隆夜话

"嘿，鲁本。"

"干吗？我这次关灯了。"

"你觉得大家说的是真的吗？"

"什么是真的？"

"你知道的——就是关于莎拉的事。"

"我不知道是不是真的。但是，如果让我听到有人议论莎拉，哪怕是只言片语，我一定会让他们吃不了兜着走。"

"你真这样想吗？"

鲁本当然是这么想的，他也是这么做的。

爸爸失业了

通常当一个男人没有工作，家里所有的经济来源依靠妻子和孩子时，一个男人就变成半个人了。

鲁本把那个家伙痛打一顿，握紧沾着鲜血的拳头，鄙夷地看着他。

暂且不提这个。先讲述一下事情的来龙去脉吧。

到目前为止，我爸已经失业五个月了。以前我曾提过一次，但我确实应该详细叙述一下事情的经过。爸爸在郊区一个工地做水暖工，由于其他工人操作失误，过早打开了水压阀，导致管道爆裂，碎片崩到我爸的脸上，后果可想而知。

头部破裂。

下巴骨折。

缝了很多针。

脸上布满了手术缝合线。

当然，爸爸和其他伟大的父亲一样。

他很好。

表现得很坚强。

其实，我爸有点儿认命了，他开始相信"命里有时终须有"。总之，我现在特别同情他。他是一个普通人，虽然他的姓 Wolfe 是野狼的意思，他现在只能算半个人。因为通常当一个男人没有工作，家里所有的经济来源依靠妻子和孩子时，一个男人就变成半个人了。生活就是这么残酷。这个人的双手会变得苍白，心跳会变得缓慢，对生活的激情也会慢慢消退。

有件事情我必须强调一下，爸爸绝不允许史蒂夫或者莎拉来支付属于家庭开支的任何一份账单，只接受他们平常支付的膳宿费用，正如他经常说的，"不，不，这样就足够了"。

自己没法挣钱又不想让子女支付账单，这让我爸爸精神有点儿崩溃。赚不到钱的阴影在他心头挥之不去，扼住了他的咽喉，抓住了他的灵魂。

我常常想起以前每个周六与爸爸一起工作的时光，当我把事情弄得一团糟时，爸爸会长篇大论地责备我；但是，当我做得很好时，他也会简明扼要地表扬我。

我们都是需要工作的人。

工作让我们觉得自己有价值。

我们会对生活抱怨不止。

也会对此一笑而过。

我们全家，只有哥哥史蒂夫混得还不错，事业有成，意气风发。除此之外，其他人都只是勉强度日，苟延残喘地活着。

我们姓沃尔夫（Wolfe），我们是狼（wolves），就像野蛮的猪狗。这是我们在这座城市中的容身之地。我们很渺小，住的地方也不起眼，一座位于狭窄街道中的破旧房子。在那儿，我们可以看见整座城市和火车轨道，破旧的房屋也以某种危险的生存方式绽放着属于它的美丽。即使是这样的房子，也需要奋斗才能得到，否则就会被别人分享、占领。

这是我对自己所处的生存环境所能作的最好的诠释和最深入的思考。每次从街道上的矮小房子前经过，我都会好奇地猜想着这座房子里面曾经发生过的故事。我常常感到疑惑，因为我觉得一座房子有墙壁和屋顶是非常有道理的，可是窗户的存在却让我百思不得其解，我不理解为什么要设置窗户？是为了让外面世界的人看见房子里面，还是为了让屋里的我们看到外面的世界呢？我们的故事或许很少，但是当老人们渐渐被他们剩余的时光吞噬，你才意识到可能在每所房子里，都会发生一些残暴的、悲伤的、辉煌的事情，而这些是这个世界所窥探不到的。

也许这就是我要通过这几页纸所讲述的内容：

窗户里发生的故事折射了整个世界。

"这样就行。"一天晚上，我躺在床上听到了妈妈的声音。当时，她和爸爸正在讨论账单的事情。我可以想象，他们是坐在厨房的桌子旁讨论的，因为在我们家，很多事情都是在厨房里面讨论、得到或失去的。

爸爸无力地说道："我真搞不明白，在过去，三个月的工作都已经被预定下来了，但自从……"他的声音渐渐弱下去。我想象着他的脚，他穿着牛仔裤的腿，他的下脸颊和喉咙上的疤痕，想象着他两手交叉，握着，做成一个拳头状支在桌子上的样子。

他受伤了，身体的伤和心灵的伤都有。

他陷入绝望——这种状态使他即将要做的事情变得顺理成章。尽管我觉得他这么做是不可原谅的，但我还是试着去理解他。

爸爸挨家挨户去乞讨工作。

他执著地敲开一家又一家的门。

"我已经在报纸上打广告了，"他在厨房里再次提高嗓门，"下周六就会登出来，我已经尽力了，我决定上门服务，并且收费要低一些，修补一些大家需要修补的东西。"妈妈在他面前放了一杯咖啡，咖啡杯已经有了裂纹。妈妈所能做的只是站在那里，鲁本、莎拉和我也只能默不作声。

第二个周末来临时，事情变得更糟糕，因为鲁本和我居然在街上亲眼看到了挨家挨户敲门寻找工作的爸爸。看着他从别人家的前门原路返回，我们推断他一定是被拒绝了。太陌生了，我和鲁本都快不认识现在的爸爸了。几个月前，爸爸非常健壮能干，不会对我们做出任何让步。（他现在也一样，依然不会对我们做出一丁点儿让步。但是，我看他的感觉却变了，就是这样。）

他脸色惨白，显得很落魄。对他而言，挨家挨户敲门寻找工作是件很残忍的事情。但是为了这个家，他顾不了那么多了。

他把脏手插在口袋里，那里还有少许现金。他一定紧张得连腋窝儿都冒汗了。

鲁本提醒我说，在街边躲一下，千万别让爸爸看到。

鲁本说："还记得我们小时候的事吗？"

"'我们'做主语，得用复数谓语。"我不识趣地纠正他。

"你给我闭嘴。"

"好吧。"

我们走到一个位于伊丽莎白大街上的破烂不堪的商店前停下来，这个小店很多年前已经关门歇业了。

天空灰蒙蒙的，厚厚云层的缝隙中透露出斑斑点点的蓝色。

在一扇关得严严实实的窗户下面，我俩背靠着墙坐了下来。

鲁本继续说着，"还记得我们小时候，有一次旧栅栏坏了，爸爸修建新栅栏的事吗？那时我大约十岁，你才九岁，爸爸就在外面院子里，每天起早贪黑地干活儿。"鲁本蜷起腿，膝盖抵着喉咙，牛仔裤垫着他的下巴。更多的阳光穿过云层透射下来。我凝视着在阳光中飞舞的尘埃，慢慢地，一点点回想起鲁本提及的事情。

我清楚地记得那段时光——有一天傍晚，夕阳渐渐隐没到地平线下，爸爸手里攥着几枚钉子转向我们，"小伙子们，这几枚钉子会变魔术哦，它们是有魔力的钉子。"第二天一大早，我们被一阵锤子敲打的声音吵醒，我们相信爸爸的话，相信这些钉子是有魔力的。也许这些钉子现在依然有魔力，因为是它们，把我和鲁本带回到耳边响着锤子敲打声的昔日美好时光中；是它们，让我们回想起爸爸旧日的形象：高大健壮的身躯、无穷无尽的力量、坚强严厉的笑容和倔强卷曲的头发，略有点儿驼背，衬衫有点儿脏，眼界有点儿高……映衬着橘色的天空，或者当雨滴像小碎片从乌云中降落下来，黄昏在细雨中逐渐暗淡时，爸爸开始坐下来怡然地锤锤打打。那时候的爸爸，自信满满——你可以在他脸上看到一副一切尽在掌控之中的神情。

在那些日子里，他不是一个普通概念上的人，而是我们的爸爸。

"现在他也是，"我回答鲁本，"只是太过于现实了，你明白吗？"当你看到一个人挨家挨户敲门寻找工作时，所有的语言都突然变得苍白，没什么好说的了。

这就是残酷的现实生活。

跳出回忆，回到现实。

爸爸现在只能算半个人。但是，半个人也是人呀！

"可怜虫。"鲁本苦笑着,我也跟着笑起来,因为在我看来唯一符合逻辑的做法就是陪着鲁本苦笑。

"这件事,可千万不能让学校的同学们知道,你觉得呢?"

"你说得对。"

我们必须要面对这个现实:爸爸在小区里挨家挨户地敲门,找零活儿来挣钱,学校的同学们迟早会知道这件事情,他们会因此而羞辱我们。鲁本和我会受到大家的歧视,这是必然的事情。

当我们还纠结于爸爸敲门讨要工作而产生的羞耻感时,姐姐莎拉再次夜出昼归。

一连三个晚上都如此。

每次都是醉醺醺地回来。

每次都抱着马桶痛苦地呕吐。

接下来该发生的事情终于发生了。

事情发生在学校里。

"嘿,沃尔夫,沃尔夫!"

"什么事?"

"你老爸周末敲我家的门来着,说是找活干。我妈妈明确地告诉他'你太没用了,我根本不想让你靠近我家的下水管道'。"

鲁本大笑起来,不想跟他一般见识。

"嘿,沃尔夫——如果你需要的话,我可以帮你爸爸找到一份送报纸的工作。这样他就能赚点儿零花钱了,你觉得怎么样啊。"

鲁本微微一笑,尽量保持着风度。

"嘿,沃尔夫,你爸爸什么时候去领失业救济金?"

鲁本目不转睛地瞪着他,怒火在心中燃烧。

"嘿，沃尔夫，你可能需要退学去找份工作呀。这样你们家就可以有额外的收入了。"

鲁本咬牙切齿，忍无可忍。

然后。

事情发生了。

正是下面这句话成为引发战争的导火索。

"嘿，沃尔夫，如果你们家这么急需用钱，你姐姐应该去做妓女，毕竟她的事儿在周围已经传开了，我听说……"

鲁本怒火中烧。

鲁本冲上去了。

鲁本。

鲁本。

"鲁本！"我高声喊着，飞速跑过去。

但是，来不及了。

一切都太迟了，鲁本已经挥拳打中了那个家伙。

那家伙牙齿上的血浸染了鲁本的双手。鲁本又一拳挥过去。起初只是用左手，但已经足够用了，那个家伙根本没有还手的余地。几乎没有人看见这事是怎么发生的，也没有人知道到底发生了什么事儿，但是鲁本就站在那里。后来鲁本双手并用，对准那个家伙的脸，一顿猛打。直到周围有人碰巧看到，才把鲁本拉走。他们想把那个爱管闲事的家伙拖起来，但他的腿打着弯儿，瘫倒在水泥地上。

鲁本笔直地站着，用凛冽的眼神扫视着所有的人。

我站在他的旁边。

他开始说话了。

"我非常不喜欢这个人，"轻叹一声，"他再也不会站起来了，至少现在不可能。"在那个家伙的眼里，鲁本高高在上，他说的最后一句话是："没有人可以说我的姐姐是妓女、荡妇、娼妓或者其他类似这些只有你这种烂人才能想到的烂词。"

他的头发在风中摇曳，脸上闪现出神圣不可侵犯的光芒。他的坚韧顽强让他略显瘦削的身形也变得健壮起来，他睥睨一笑。

几个人看到了刚才发生的一幕，立刻谣言四起。

更多的人跟风。

"谁？"他们好奇地问道，"是鲁本·沃尔夫吗？但他仅仅是一个……"

"一个什么？"我内心很好奇。

"我本不想狠狠地揍他。"鲁本提起这件事时轻描淡写地带过，他用牙齿轻咬着自己的指关节，"这样也好。"

我并不知道他这么能打架，我回想起鲁本和我，每人戴着一只拳击手套，多次在后院搏斗的场景。（当你们只有一副手套时，你们也会这么做的。）

这次不同。

这次他动真格儿的了。

"这一次我两只手都用上了。"鲁本会心地一笑，我忽然意识到，我俩心有灵犀地在想同一件事情。我很好奇，动手打人的感觉到底是什么样的——赤手空拳、双手并用打在某人脸上，而不是与你的兄弟在后院戴一只手套单手搏击、相互玩耍。

回家时天色已晚，我们关切地询问莎拉到底发生了什么事情。

她告诉我们最近她做了一些愚蠢的事情。

我们请求她停止这样做。

她没有说话，只是默默地点点头。

我本意是想追问鲁本痛打那个家伙的感觉怎么样，但我没有这么做。我做事总是磨磨唧唧，拖泥带水。

下面我和你讲件别的事吧，或许你会感兴趣的：我和鲁本合住的屋里有股恶臭味儿，但我俩都不知道臭味儿是从哪儿散发出来的。

"见鬼，什么味儿？"鲁本用威胁的口吻对我说，"是不是你的臭脚味儿？"

"不是。"

"你臭袜子的味儿？"

"绝对不是。"

"那就是你的臭鞋味儿？或者是发出臭味儿的内衣？"

"我看是你满嘴喷粪有臭味儿。"我反击他。

"你是不是活腻歪了？"

"是又怎么样！"

"如果你小子活腻歪了，那我就弄死你。"

"来呀！"

"你这臭小子。"

"来吧，弄死我呀！"

"你们这里总散发着臭味儿。"爸爸把头探进房里，也加入了我们的聊天。看着爸爸夸张地摇着头，我忽然觉得所有事情都会好起来，至少有一半儿的事情会好起来的。

卡梅隆夜话

"嘿，鲁本。"

"干吗？你把我吵醒了，坏蛋。"

"对不起。"

"算了，别道歉了，兄弟之间客气什么。"

"嘻嘻，我很高兴把你吵醒了。我想和你说点事儿。"

"这次又是什么事儿？"

"你没听见他们说话吗？"

"谁？"

"妈妈和爸爸。他们又在厨房里面讨论，关于账单和其他的一些事情。"

"是的，对于家里的账单，他们总是捉襟见肘。"

"是……"

"我的天呀，什么味儿？太丢人了。啊，你肯定不是你的臭袜子发出的？"

"肯定不是我的袜子，我敢保证。"

我停下来，调整了一下呼吸。

我想到了一个问题，并且终于问出来了。

"痛打那个家伙，你感觉很爽吗？"

鲁本回答我："有点儿，但不是真的很爽。"

"为什么不是真的很爽？"

"因为……"他稍稍停顿，想了一会儿，"我知道我打了他，但我一点儿都不关心他。我关心的是莎拉。"我能感觉到，他在凝视着天花板。"明白吗，卡梅隆，我唯一关心的事情就是我、你、妈妈、爸爸、史蒂夫和莎拉。或许再加上米菲。世界上的其余东西对我来说都是浮云，一文不值，是可以被毁灭的。"

"那你觉得我和你一样吗？"

"你？不一样。"他停顿了一下，"这也是你的问题，你对所有事情都关心。"

他说得对。

我确实是这样。

经纪人造访

　　通常，如果一个人确确实实很差劲的话，
很容易就能摆脱掉。可是涉及到一个你既喜欢
又感到无可奈何的人时，就很难抗拒他的魅力，
既喜欢又厌恶是个致命的组合。

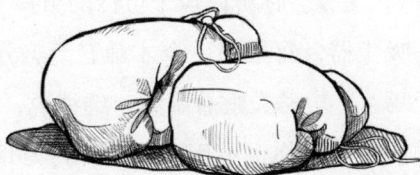

妈妈正在做豌豆汤，在接下来的一个星期，我家的口粮就是这种汤了。喝豌豆汤还算不错，在我的记忆里，我们家还吃过比这更糟糕的食物。

"这豌豆汤太棒了！"周三晚上，也就是陪米菲散步的那天晚上，鲁本喝掉碗里的最后一口汤之后，对妈妈的手艺赞叹不止。

"这里还有很多。"妈妈温婉地回应鲁本。

"是吗？"鲁本苦笑着，其他人都沉默不语。

史蒂夫和爸爸刚才因为失业救济金的事情争吵起来，现在的沉默正是暴风雨来临前的短暂平静。气氛很紧张，空气里弥漫着浓浓的火药味，一触即发，我回想了一下刚才的对话。

"我不会去的。"

"为什么不去？"

"有失尊严。"

"见鬼。你可以像个可怜的男孩一样，挨家挨户地敲门推销真空吸尘器，每推销一个才赚五十美分。你这样做就不怕失去尊严了吗？"史蒂夫瞪着眼睛，继续说，"我们可以用失业救济金按时付清账单，你也不用再吃力不讨好地到处去丢人。"爸爸被激怒了，拳头"哐"的一声砸在了桌子上。

"坚决不去。"爸爸掷地有声地表明态度。

史蒂夫知道爸爸不是那种轻易屈服的人，如果他一定要让爸爸去的话，就得以死相逼。

史蒂夫决定改变策略，"妈妈？"

"我不去。"妈妈回答得干净利落。这样争论了半天，没有最终答案。

没人去领失业救济金。

没有任何商量的余地。

后来我们陪米菲散步的时候，我想对这件事情发表点儿看法，但是鲁本和我把所有精力都用于躲避我们的伙伴和邻居，以避免被任何人看到，也避免和任何一个人搭话，所以便没有机会谈论了。晚些时候回到家里，所有相关的谈话早就结束了。

我俩睡得很沉，醒来的时候也不知道今天就是属于鲁本的一天——会改变所有事情的一天，短暂而美妙的一天。

这个机会一直等到放学之后才出现。

就在我家的大门外。

"可以借一步说话吗？"一个粗犷的家伙挡住我俩的去路。他斜倚在门上，并不介意门随时都有可能会倒塌。（当然，他看起来也不像是那种会介意的人。）他胡子拉碴，穿着一件夹克衫，手上刺着文身。他再一次把问题抛给我们："可以吗？"

鲁本和我目瞪口呆地看着他。

然后，我俩又互相瞅了一眼。

"喂，首先……"鲁本在刮着大风的街道上站着反问他，"我们得知道你是谁？"

"噢，很抱歉，忘记自我介绍了。"那个人用浓重的城市口音说道，"我是那个可以让你的人生变得辉煌荣耀，也可以把你的人生彻底毁掉的人。"

我俩静静地听着。

不作评论。

他继续说："我听到一个传闻，说你很能打架。"他指的是鲁本，"对于周围的消息，我一向很灵通，而且给我传信儿的人从不撒谎，他们说你把某个人狠狠揍了一顿。"

"那又怎样？"

这个人直奔主题："我想让你成为我的拳击手，只要赢一场比赛，你就能赚五十美元，即使输了，也会得到不菲的小费。"

"我觉得你最好能加入。"

鲁本听明白了。

这应该是件非常有趣的事情。

家里没人，我们坐在厨房的桌子前。尽管这个人说他想喝啤酒，但我还是只为他泡了一杯咖啡，即使家里真的有啤酒，我也不会给他喝的。这个人狂妄自大，态度生硬，令人厌恶；另一方面，这也是最令我恼火的一点，我觉得自己居然还有些喜欢他，看来，他是一个难对付的家伙。通常，如果一个人确确实实很差劲的话，很容易就能摆脱掉。可是涉及到一个你既喜欢又感到无可奈何的人时，就很难抗拒他的魅力，真的好矛盾！一旦讨人喜欢的话，什么事情都有可能发生，既喜欢又厌恶是个致命的组合。

"佩里·科尔。"

那个人自我介绍。名字听着挺耳熟的，但是，我耸了耸肩，这跟我没什么关系。

"鲁本·沃尔夫。"鲁本说了自己的名字，又指着我说，"卡梅隆·沃尔夫。"我们俩都与佩里·科尔友好地握了握手。佩里·科尔手上的文身是一只老鹰，特别逼真。

佩里·科尔办事讲究效率。他和你说话时，从不惧怕靠近你，哪怕我身上浓烈的咖啡气味很难闻。他对任何事情都直言不讳：我的工作包括长期的暴力活动，组织拳击比赛，防止警察突袭和其他相关事宜。

"明白了吧，"他用粗犷的声音简洁地解释着，"我是组织拳击赛的合伙人之一。整个冬天，每周日下午在这个城市四个不同的比赛地点，我们都会组织拳击赛。第一个地点是教会附属地后面的那个大仓库，那是我管辖的拳击场；第二个是马鲁巴附近的一个肉食品加工厂；第三个是艾士菲的一个大仓库；最后一个位于其他合伙人在海伦斯堡的农场，你沿着那条平坦的环城路往南一走就到了。"他说话时，唾沫星儿就从嘴里喷出来，黏在嘴角处，"就像我说的，如果打赢一场比赛，你可以赚到五十美元。如果输掉比赛，也可以得到相应的小费。你们肯定不信人们会花钱过来看拳击赛。我的意思是，你一定会觉得他们会在周末下午或者晚上去做更有意义的事情，但是他们没有。他们已经对足球比赛或者其他垃圾节目烦透了。他们只需花五块钱就能入场，可以看六场比赛，每场五个回合，只要愿意，他们可以一直待到深夜。这个拳击赛季开始好几周了，我们已经拥有了一批优秀的拳击手，但还是可以为你安排上场机会的……如果你想参加其他拳击队，也是相同的交易条件。如果你足够出色，我们会尽量奖励你更多的钱。我呢，就是拳击经纪人，通过你的比赛来发财。就是这样，你想做吗？"

鲁本今天没有刮胡子，他摩挲着下巴的胡茬，考虑着："我怎样才能到达拳击场？周末晚上我怎么从海伦斯堡赶回来？"

"我有一辆面包车。"佩里轻松地解决了鲁本的问题，"我的拳击手都会乘坐这辆面包车。如果你受伤，我不会带你去看医生，这不在服务范畴之内。如果你被打死，请让你的家人把你埋了，这也不关我的事儿。"

"行了，别再废话了。"鲁本不耐烦地打断他，我们都大笑起来，尤其是佩里。我能感觉到，他很欣赏鲁本。人们都喜欢直来直去不要心眼儿的人。"如果你死掉了……"我哥哥模仿着佩里说话的语气。

"曾经有一个家伙差点儿就挂了。"佩里郑重其事地告诉鲁本，"但那次只是一场热身赛，跟真正的比赛不同。那家伙是个重量级拳击手，他比赛后感觉疲惫不堪，最后得了轻微的中风。"

"喔！"

"所以，你要加入吗？"佩里挑衅地笑了笑。

"我知道了，我要和我的经纪人谈一谈。"

"你的经纪人是谁？"佩里笑着冲我点头，"该不会是这个娘娘腔吧？"

"他不是娘娘腔。"鲁本指责佩里说错话了，"他只是有点儿瘦小。"接着鲁本严肃起来，"的确，他看起来有点儿弱不禁风，但我告诉你，他也是勇敢的男子汉。"鲁本的愤慨之词让我震惊。我哥哥鲁本·沃尔夫在为我辩护。

"是这样的吗？"佩里显然不相信。

"当然是这样的……如果愿意，你可以过来核实一下。我俩马上就要在后院展开一场单手拳击赛。"鲁本看着我说道，"咱们翻栅栏把米菲抱过来，这样它就不会再乱叫了。它特别喜欢在院子里看我们练拳击，对吧？"

"对，它很喜欢。"我也只能这样附和着。但实情是这样的：单手拳击赛是在我家后院进行，会惊扰栅栏另一边的米菲，它会一边狂吠，一边往栅栏边靠。为了避免米菲汪汪乱叫，每次我和哥哥比赛都会把米菲抱到栅栏这边的拳击现场，好让它看清楚发生了什么事情。当感觉所有事情都在控制之中时，它就会心满意足地观看着，或者无聊地睡觉去了。

"米菲是谁？"佩里迷茫地问我们。

"你会看到的。"

鲁本、佩里和我站起来走向后院。鲁本麻利地翻过栅栏，把米菲从栅栏上方递给我。我俩一人戴一只拳击手套，单手拳击赛就要开始了。看佩里脸上的神色就知道，他会欣赏这场比赛的。

但是，波美拉尼亚小狗米菲需要我们的关注和抚摸。所以，比赛前我俩都蹲下身子，轻拍着小狗。佩里在旁边看着，我觉得他像是那种会直接飞脚把狗踢死的人。但是我错了，很显然，他不是。

"遛狗是件令人难堪的事情。"鲁本跟佩里解释着，"但我们还是要照看这只小狗。"

"来我这边，小家伙。"佩里伸出手指引逗米菲过去嗅，米菲很快就喜欢上他了。当鲁本和我开始单手拳击赛时，米菲就一直乖乖趴在佩里的身旁。

佩里喜欢这个节目。

有时，他被逗得哈哈大笑。

有时，他会心地微微一笑。

当我第一次被鲁本打倒在地时，佩里好奇地看着。

当我再一次被打倒在地时，佩里兴奋地拍打着米菲。

当我发动反击，爽快地给鲁本下巴一拳时，佩里鼓掌赞赏。这是一次结实的猛击。

十五分钟后，我们停下来休息。

鲁本说道："我们告诉过你的，比赛不错吧？"佩里不住地点头。

"再多拿出点儿看家本领来。"他冷静地提出要求，"但是要交换手套。"他像是在努力思考某些事情，然后他接着观看鲁本和我单手拳击对打。

换另一只拳击手套很别扭，我们俩很多次都没有打中对方，但是慢慢地，我们找到了节奏，绕着院子转圈搏斗。鲁本猛地挥出他的拳头，好险，但被我躲过去了。在他突然转向时，我伺机找到空子进攻，挥拳过去，击中他的下巴，接着在肋骨处又加了一拳。他遭遇到了我的猛攻，他数着自己被拳头击中的数量。但他的拳头很快又直逼我的颧骨，他的呼吸变得急促起来，然后掐住了我的喉咙。

"抱歉。"

"没事儿。"

我们再次开始。

他击中了我的肋骨，致使我难以呼吸，还因为痛苦而尖叫起来。

鲁本站起来。

我也蜷缩着身体，勉强站起来。

"彻底打败他。"佩里指点着鲁本。

鲁本真的就这样做了。

当我醒来时，首先映入眼帘的就是贴在我脸边的米菲的那张丑脸。接着看见佩里，他一脸微笑。最后我才看到鲁本，他满脸的焦虑和担心。

"没事。"我安慰他。

"那就好！"

他们把我拉了起来，一起走回厨房，鲁本和佩里坐下来休息，而我却一屁股重重地摔在椅子上。有一瞬间，我竟然感觉到死亡的气息在慢慢靠近，视线中闪过一抹绿色，耳边也瞬间宁静下来。

佩里指着冰箱问，"你确定没有啤酒吗？"

"你是酒鬼吗，还是有什么别的企图？"

"我只是特别想喝点儿啤酒而已。"

"噢。"鲁本当机立断，"不过，我们的确没有啤酒。"我能感觉到，鲁本因为把我打得神志不清正在懊恼不已。我记得他说过，在他的生活当中，最关心的是……

佩里说："咱们言归正传吧。"

"你们两人，我都要了。"

他的话就如平地炸雷。

鲁本吃惊地吸了口气，揉了揉鼻子。

佩里笑着对鲁本说："你……"顿了一下，接着满意地说，"你

格斗

完全可以胜任拳击赛，这已是事实。"然后他又看着我，"你呢，勇气可嘉……我之前没有细说关于小费的事儿。现在跟你说说，如果周围观众认为你打得很卖力，就会往拳击台上扔钱，并且……你叫卡梅隆，对吗？"

"是的。"

"嗯，坦率地讲，你值这些钱。"

其实不想笑，但我还是笑了。像佩里这种人虽令人讨厌，但仍然有本事让你笑起来。

"你会赢得拳击赛。"他看着鲁本说，"因为你出拳迅速，年轻有活力，虽然没经过刻意修饰，但还算帅气，我相信你会大受欢迎的。"

我盯着哥哥看。我审视着他，发现佩里说得很对。他人长得帅气，是那种很独特很难具体言表的帅气：他做事出人意料，他不修边幅，他身体强壮。他周围的气场中所散发的未经雕琢的气质，要远远超过相貌上的帅气。这在更大程度上是一种感觉，一种特殊的氛围。

佩里看着我说："至于你呢，虽然参加拳击赛肯定会挨打，但如果你能远离拳击赛场四周的围绳，很好地保护自己不倒下去，你也可以得到二十块钱的小费，因为观众会觉得你勇气可嘉。"

"谢谢。"

"不客气，我说的都是事实。"他觉得没必要再浪费时间，"所以你们是加入还是放弃？"

"我不知道弟弟是怎么打算的。"鲁本对佩里坦白道，"他可以在后院经受住我的拳头，但这和每周那些想置他于死地的人的拳打脚踢是不一样的。"我们需要慎重地考虑。

"他可以与每周新来的拳击手比赛。"

"那又如何？"

"他们中大部分都很会打架，但也是参差不齐，有的人就很差劲。他们只是迫切需要钱。"他耸了耸肩，"保不准，你弟弟也能赢几场比赛。"

"和你一起干，还有其他危险吗？"

"笼统地说吗？"

"是。"

"有这些。"佩里开始罗列，"如果一些粗暴的家伙来观看比赛，看到你放弃一个回合，他们会因为你的胆小而想干掉你。这些家伙周围总有漂亮女孩，如果你想染指这些女孩，他们也会杀了你。警察的突袭也是麻烦，去年，警察就突袭了我们在彼得舍姆的工厂，如果你被警察抓住，你也会死去。假设事情真的发生了，一个字，跑。"他对自己的表现相当满意，尤其是在说到最后一句时，"当然，最大的危险就是你们想背叛我。如果你真的这样做了，我也会杀了你。这可是所有这些威胁中最糟糕的了。"

"有道理。"

"你想考虑一下吗？"

"是的。"

佩里转过来问我，"你怎么想的？"

"我也想再考虑考虑。"

"很好。"他站起来，递给我们一块小纸片，他的电话号码写在上面了。"你们有四天的考虑时间。周一晚上七点整给我电话，那时我在家。"

鲁本又问了其他两个问题。

第一个问题，"如果我们同意加入，但后来又不想干啦，会有什么后果？"

"只要坚持到八月份就行，你只需提前两周通知我，你也可以找到愿意代替你的人然后就退出。就这么简单。人们放弃所有的时间来看比赛，就因为这是一项激烈的运动，可以寻求刺激，所以这种比赛风险很大，我明白这个道理。只要你提前两周通知我，或者告诉我三个拳击打得不错的家伙的名字就可以了。优秀的拳击手多的是，没有人是不可取代的。如果你能一直坚持打完八月份，也就是这个赛季结束的时候，进入九月份，半决赛就开始了。你看，到时我们可以打平回合，这就像一个梯子，你爬得越高，得到的份额就越大。我们只要进入到决赛，就可以发大财了。"

第二个问题，"我们会去参加哪个级别的拳击赛？"

"你俩都是轻量级的。"

这句话引发了我的一个问题。

"我俩会成为对手吗？"

"或许会，但概率很小。有时，来自同一队的拳手会同台竞技，这种事儿确实发生过。你对这个有问题吗？"

"倒也不是。"鲁本给出了答案。

"我也没问题。"

"那你为什么问呢？"

"只是好奇而已。"

"还有其他问题吗？"

我们又想了想。

"没有了。"

"好了，那就这样吧。"我们目送佩里走出房间。他走到前门廊停下，提醒我们，"记住，你俩有四天的考虑时间。不管决定加入还是放弃，星期一晚上七点钟准时给我答复。如果你们不打来电话，我会不高兴。你们不希望看到我不高兴吧！"

"就这么说定了。"

他走了。

我们看着他坐上车，是一辆老款霍顿，保养得很好，肯定值点儿钱。他一定很有钱，才同时拥有面包车和这辆霍顿。我想当年佩里也许和我们这些急需用钱的人一样，想挣钱都快想疯掉了。

返回屋里，我们就开始陪着米菲四处闲荡，喂它一些肥熏肉。没人说话。俩人都一言不发，还不到说话的时候。米菲绕着我俩转圈玩儿，我们偶尔轻拍它的肚子。我走进房间里，试着最后一次寻找到底是什么散发出臭味儿。可我忽然发现屋子好像没有那么臭了。

卡梅隆夜话

"是的，我醒着呢。"

"你怎么知道我要问你这个问题？"

"你哪天不这样。"

"我知道是什么味儿了。"

"是什么？"

"还记得去年我们找到的那份工作吗？当时，水果店运来了很多洋葱。"

"你是说我们去年圣诞节一起偷的那些洋葱吗？"

"是的。"

"可那已经是整整六个月前的事了。"

"有几个洋葱肯定是滚到袋子外面了，而且它们滚到了我的床下面，一直在某个角落里躺着呢。这么长时间，肯定都烂了，所以发出臭味儿，真令人恶心啊。"

"噢，是这样啊。"

"没错，是这样的。我发现后，把它们丢到后院栅栏那里，和肥料混在一起了。"

"干得好。"

"我本打算让你看看这些洋葱的，但它们实在是臭得厉害，我完全是跑着出去的。"

"干得不错……当时我在哪儿？"

"在隔壁呀，刚把米菲送回去。"

"噢，知道了。"

转变话题。

"那件事情你思考了吗？" 我问鲁本，"佩里的为人，你了解吗？"

"我想了。"

"你觉着我们可以做吗？"

"怎么说呢，不太好说。"

"听起来……"

"什么？"

"我是说——提心吊胆呀。"

"这是一个机会。"

是的，这是一个机会。但我不确定这是一个什么样的机会。今晚我们的卧室显得尤其寂静。黑暗袭来，我反复拷问自己，这会是一个什么样的机会呢？

彷徨的我们

这不禁让我产生了疑问——难道我们把大多数的时间都用于努力地记住或者尽力地忘记某些事情吗？难道时间的流逝，只是为了让我们追求或者远离现实生活吗？我实在想不明白。

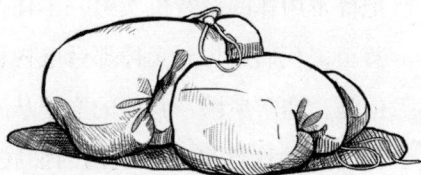

周五晚上，我和鲁本窝在一起看一个叫"幸运大转盘"的节目。我们平时很少看电视，通常会进行单手拳击赛，或在后院做些傻事，又或者在家门口附近闲逛。除此之外，我们讨厌电视播放的那些低俗节目。当然，看电视也不是一点儿好处都没有，某些节目会让你豁然开朗，从中得到启发而产生一些奇思妙想，为无聊的生活增添点趣味。比如说，我们曾经从电视节目中得到过如下妙计：

精心策划，打劫牙医；

把客厅的小桌子移到沙发上，腾出足够的空间，然后把袜子卷成一团当足球，在客厅来一场足球赛；

或者去赛狗场体验生活，开开眼界；

或者把莎拉那个报废的吹风机以十五美元的价格卖给我们的一个邻居；

把鲁本用坏的录音机卖给一个住在这条街上的家伙；

甚至，我们还想要卖掉那台电视；

但是，非常遗憾，我们的愿望从来没有实现过。

抢劫牙医这件事，以我们的彻底失败而告终（幸好我们最后安全撤离了现场）；

在客厅踢足球的时候，莎拉经过，最后以她肿起来的嘴唇结束了我们的足球赛（我发誓那绝对是鲁本的胳膊肘撞的，和我一点儿关系都没有）；

去赛狗场非常有趣（虽然回来的时候，我们发现总共输了十二美元，那可是我俩所有的积蓄）；

那个吹风机被邻居从篱笆外给丢了回来，还附赠一张便条，醒目地写着：把我的十五美元还回来，不然我就杀了你们这些骗子（我们只好第二天就灰溜溜地把钱还了）；

我们也一直都在找那个录音机的买主（据说那个家伙生活很拮据，我觉得我们要的有点儿多了）；

至于最后一个想法，我们根本没办法完成，哪怕即使我能说出十一条理由。（一，99%的电视节目的结局都是好人获胜，这太脱离实际生活了。我们必须要面对现实，在现实生活中，好人没什么好报，都是那些混蛋们获得最终的胜利。他们能得到女孩儿们的青睐，能得到金钱，能得到几乎所有的一切。二，所有的色情场景看起来都是那么的完美。然而实际上，那些表演者应该和我一样，感到恐惧而不是惬意。三，总有不计其数的广告。四，这些广告总是比那些真人秀之类的节目更抢眼。五，电视新闻听起来总是让人感到有点沮丧。六，电视中的人物看起来总是很帅很漂亮。七，所有的好节目都被禁播了。例如，"南部真相"。你听说过这档节目吗？没有？你当然没听说过，确切地说从几年前就已经被禁了。八，有钱人就会获得所有的殊荣。九，同样的，他们也会得到所有漂亮的女人。十，由于我们天线的原因，接收的信号有点儿令人难以接受。十一，他们总是重复播放一个节目，叫"格斗者"。）

现在，暂且不提从电视上获得的这些愚蠢想法，好好考虑考虑今天该做些什么吧。

实际上，昨晚我和鲁本谈话之后，共同作出了重大决定。

"喂！"鲁本对我大喊，这是他惯用的开场白。

"啥事？"我应了一声。

"你有什么建议吗？"

"关于哪方面的？"

"你知道的，就是关于佩里说的那件事，我觉得咱家挺需要钱的。"

"我知道，但是父母肯定不会同意让咱俩帮忙支付那些账单的。"

"是的，他们不会让的。但是，我们可以负责自己的开支，以后买食物以及日常生活用品，就不用向父母伸手了，这样也可以减轻他们的负担。"

"对啊，我也是这么想的。"

最后，鲁本下定决心："那就这么定了。我们参加拳击赛吧。"

"好的。"

尘埃落定。

但是，内心深处，一个声音出卖了我们：不是因为想去支付账单才决定参赛的。不，根本不是。而是另有他求——渴望得到爱的人性与渴望得到认可的孤独。

要等到周一才能给佩里·科尔打电话。但是，我们今天必须先把方方面面的问题考虑清楚：比如说对手的拳头、比赛的危险性，还有一旦父母知道这件事，我们该怎么办；再比如说我们能不能活着从赛场下来。林林总总的问题萦绕脑海，挥之不去，脑袋都要爆炸了。没有时间畏首畏尾了，在电视机前，我们做出了男子汉的决定：不辱使命，视死如归，努力拼搏。如果成功了，我们会感到庆幸；如果失败了，最差不过保持原样。

我敢肯定鲁本还在思考着这件事儿。

我却想方设法不去考虑这些问题。

我尽量把注意力放在"幸运大转盘"中那位美女的长腿上。当她背对镜头去转动那些字母时，那双美腿就会完美地展现出来。然后，她会转过身，冲着我微笑。她笑起来很甜美，在那一瞬间我几乎忘记了一切。忘记了佩里·科尔，忘记了即将要面对的拳击比赛。

这不禁让我产生了疑问——难道我们把大多数的时间都用于努力地记住或者尽力地忘记某些事情吗？难道时间的流逝，只是为了让我们追求或者远离现实生活吗？我实在想不明白。

"你看好谁？"鲁本紧盯着电视问我，打断了我的思绪。

"我不知道。"

"嗯？"

"那……"我指着屏幕，"我选站在中间的，那个看上去有点儿傻傻的女孩。"

"那是主持人，你这个笨蛋！"

"是吗？那我选站在旁边的那个金发碧眼的美女，她看上去不错。"

"我选站在另一边的那个家伙。看起来，他像是刚从长湾逃出来的。他的着装太土老帽儿了，穿着很不得体。"

　　最终那个来自长湾的选手赢得了比赛。奖品是一台真空吸尘器，当然，在昨天的比赛中，他已经赢得了去中国长城旅游的机会，那一定会是很不错的旅行。整场冠军争夺赛，他只错过了一张没用的远程遥控床。说实话，我和鲁本只对那位转动字母的美女感兴趣，尤其喜欢看她的长腿。基于这一点，我们才一直坚持着看这个节目。

　　我们看着节目。

　　暂时忘记了其他的事情。

　　但是我们心里都清楚。

　　我们清楚地知道，星期一我们就要给佩里·科尔打电话，告诉他，我们要加入。

　　"咱俩最好早点开始练习。"我对鲁本说。

　　"的确应该练习了。"鲁本附和着。

　　妈妈回来了，爸爸仍旧不见踪影。

　　妈妈拿着一袋化肥去了后院。

　　回来的时候，她问我们："后院篱笆附近有股很刺鼻的臭味，你们知道是怎么回事吗？"

　　我俩互相对望了一眼说："不知道。"

　　"你们确实不知道吗？"

　　"呃……其实知道，"我受不了妈妈看我的眼神，只好招供了，"是放在我们屋子里的几个洋葱，我们忘记了把它们拿出去，都烂了，就是这样的。"

　　妈妈一点儿也没觉得奇怪，丝毫都没有。我想她已经接受了我和鲁本总会干些蠢事的现实，她也拿我们没办法。当然，她还是继续追问了一下："你们房间怎么会有洋葱呢？"但是，还没等我们回答，她就走开了。我想她其实根本就不想知道答案。

爸爸回来的时候，我们也没有追问他去了哪里。

史蒂夫走进来，向我们打招呼："最近怎么样啊，小子们？"这样的问候令我们惊讶，因为史蒂夫的风格是具体询问每一个人的最新情况，这样笼统的问候实属罕见。

"还好吧。你呢？"

"很好。"他仍旧有点儿看不起爸爸，希望他能去拿失业救济金或者找到工作补贴家用，或者随便怎样去弄点钱来。他很快换好衣服就出去了。

莎拉边吃着香蕉味的棒冰边走了进来。她笑盈盈地让我和鲁本各吃了一口。我们没有说要吃，但她知道我们想吃。她能看出在沉闷的冬天，我们特别渴望品味那冰冰凉凉的滋味。

第二天，我和鲁本就开始训练了。

我们很早就起床去跑步。闹钟响的时候天还没亮，我们挣扎了一两分钟才从床上爬起来。当然，一旦起床，感觉还是很不错的。我们穿着有些发旧的运动服和田径短袜出发了。薄雾笼罩着刚刚苏醒的城市，清晨的街道格外安静，我们甚至可以感觉到自己的心跳声在街道上回荡。我们浑身充满活力，步伐整齐而稳健。鲁本的卷发在阳光下闪着耀眼的光泽，那光泽跟随着我们穿梭在楼宇之间。我们一路上呼吸着新鲜的空气，一切感觉是如此地美好。贝尔摩公园草地上的露珠在草尖上轻轻地滚动，圆圆的露珠在阳光的照耀下变成了一颗颗七彩的梦之珠。虽然手脚冻得冰凉，但我们热血沸腾。呼吸着冬日清晨的空气，想象着那些此刻还在梦乡中的人们，对我来说，这种感觉实在是太棒了。美好的城市，美好的世界，还有两位像狼一样穿梭其中的小伙子。他们寻找着可口的鲜肉，追赶着，拼命地追赶着。即使有恐惧，也依旧奔跑不止。

卡梅隆夜话

"你醒着吗，鲁本？"

"嗯。"

"天呐，我浑身酸痛。今天早上跑得太快了，现在感觉腿简直像断了似的。"

"忍忍吧，我的腿也很疼。"

"嗯，但是感觉很好。"

"是啊，感觉不错。"

"我说不清那是一种什么感觉。就好像我们最终得到了一些东西，一些给我们带来……我说不清，我也不知道。"

"生存的目的。"

"什么？"

"活着的意义。"鲁本继续说道，"我们终于找到了继续在这个世界生存下去的理由。我们终于找到了一个可以昂首挺胸地走出去的理由。我们终于不再是无所事事地混日子了。"

"就是这样，我说的就是这种感觉。"

"我就知道。"

"但是我的腿依旧疼得要命。"

"我也是。"

"那咱们明天还要继续跑步吗？"

"当然啦。"

"好的！"在这昏暗的房间里，我感觉一丝笑容慢慢地在我的嘴角绽开。

6

最终决定

　　我们必须坚持到最后，如果现在不抓住这个机会，我们就只能永远在社会底层苦苦挣扎，一辈子过着毫无希望的生活。当然，可能我说得有点儿夸张，可谁又知道呢？谁又知道我们刚刚进入了一个怎样不堪的世界？我们只知道可以赚钱，或许同时还可以保全一下我们可怜的尊严。

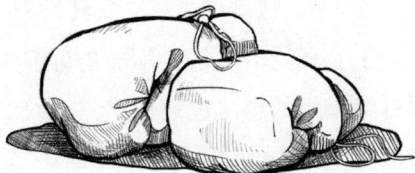

"**该**死的。"

由于我们没钱交电话费，电话今天停机了。原本就算爸爸妈妈没钱付费，史蒂夫或莎拉也会帮忙的，但现在不可能了，因为爸爸妈妈不允许他们这样做，甚至有那种想法都不行。

史蒂夫穿过厨房冲进来说："既然这样，我要搬出去，越快越好。"

"如果你搬出去，就不能再给爸妈提供经济资助了。"莎拉提醒他。

"那又怎么样呢？如果他们愿意继续忍受这种生活，他们就忍受着吧，没有必要非得让我在这里眼睁睁地看着。"他说的是事实。

同样是事实的是今天周一了，而且已经快到七点了。情形不容乐观，非常不乐观，确切地说，简直是糟糕透顶。

"天啊，快到点了！"我转过头对鲁本喊着。他正在用烤面包机暖手。我俩的事情又不能告诉家人，所以想借用莎拉屋里的电话打给佩里的想法也泡汤了。看着他优哉游哉地烤面包，我心里很来气，大吼一声："喂，鲁本！"

"干吗？"他的吐司面包已经烤好了。

"去哪儿打电话？"我心急如焚。

他好像早把打电话的事忘到九霄云外了，经我一问，突然想起来了。

"这屋的电话不好使吗？"他紧张地将烤面包之事完全抛在脑后，可仍旧没忘拽文，"屋漏偏逢连夜雨啊。"

我们小心翼翼地将佩里的号码放进衣服口袋，冲向隔壁邻居家。很遗憾，没人在家。

我们以迅雷不及掩耳之势转向对面，仍旧没人。

只好十万火急地跑回家拿钱，去外面打电话。鲁本和我拿着从史蒂夫钱包翻出来的四十美分，在六点五十分时，匆匆离家。

"你知道哪里有公用电话吗？"鲁本边跑边问。我们就像在百米冲刺，一路狂奔，气喘吁吁。

"当然知道。"我向他保证。

我们在昏暗的街边发现了一个。

拨通电话的时候，刚好是七点。

"你们晚了。"佩里一上来就吓唬我们，"我可不喜欢等人。"

"冷静一下，"鲁本对他说，"我家电话停机了，我和弟弟刚才跑了差不多三公里才找到这部公用电话，并且我的手表刚好七点。"

"好吧，好吧，我此刻听见的是你们拉风箱般的喘息声。"

"我刚说了，我们几乎跑了……"

"行了，说正经事，你们到底要不要参加？"

鲁本。

我。

怦怦的心跳声。

急促。

异口同声的回答声："参加。"

"你们两个都参加吗？"

我们同时坚定地点点头（似乎都忘了佩里在电话那边看不见我们点头）。

"是的。"鲁本重申了一遍。我们似乎能感觉到电话那头，佩里笑了。

"很好，"他说，"那么，现在听好了，本周不安排你们比赛，下周你们将在马鲁巴参加第一场比赛。在此之前，我们需要先做一些安排。我会告诉你们需要做哪些准备，当然我也会提前为你们宣传造势。你们需要一个容易被大家记住的称号，还需要一副防护手套。有些具体事宜还需要我们再见面时讨论，你们是希望我去一趟你们家，还是另外约个地方见面？"

"另外约地方吧。"鲁本建议道，"如果碰巧爸爸在家的话，事情就不妙了。"

"好吧。那就定在明天四点，艾迪大街吧。"

"好的，是街口吗？"

"是的。"

定下来了。

"欢迎你们加入。"佩里最后说道。我们挂掉电话，一切已成定局。我们加入了。

我们终于作出了决定。

我们必须坚持到最后，如果现在不抓住这个机会，我们就只能永远在社会底层苦苦挣扎，在那种又脏又乱的环境中，一辈子过着毫无希望的生活。当然，可能我说得有点夸张，可谁又知道呢？谁又知道我们刚刚进入了一个怎样不堪的世界？我们只知道可以赚钱，或许同时还可以保全一下我们可怜的尊严。

往回走的时候，我感觉到这个城市正渐渐将我们吞没。兴奋的血液在身体里奔腾，跳跃的火花在指尖闪动。我们每天清晨仍旧早起跑步，但是这个城市给我的感觉却完全不同了。它充满了希望，充满了冬日暖阳。即使在死寂的夜晚偶尔会有灰烬般的失望，我们第二天仍怀着将要重生的希望。在路上我们看见一只已经死去多时的八哥，它冰冷的尸体躺在排水沟的空酒瓶旁，看起来死气沉沉的，以至于我们也受到那种气氛的影响，沉默无趣地走开。我们与行人擦肩而过，鲁本对那些阻挡我们前行的人怒目而视。我们睁大双目去观察那些人，竖起耳朵去细听每一丝声响，轻嗅着空气中的味道，车辆和行人在街上穿梭着，我们享受着此刻的时光，咀嚼回味着这种感觉，感觉浑身上下都充满了勇气和力量。

第二天，当太阳跃出地平线的时候，我们已经跑了好一会儿。我们一边跑，一边商量事情。鲁本说他想要一个沙袋，一根跳绳，想要提升自己的速度。他还希望拥有一副拳击手套，这样我们就可以更正规地练习了。他觉得一个防护头盔也是必要的，以防练习时误伤对方。他迫切地想要这些。

他想要变得更勇猛。

他坚定不移地奔跑着。因为拥有了目标，他的脚步充满坚实的力量，他的眼中盈满热切的光芒，他的声音透露强烈的渴望。我从未见过这样的他。就好像他迫切地想成为某种人，并且为此不惜一切。

我们回家的时候，阳光再次映照在他脸上，熠熠生辉。

他说："我们要好好干，卡梅隆。"他的语气严肃而庄重。"我们一定可以，这一次我们一定可以成功，绝不能半途而废。"他斜倚在大门上，然后慢慢蹲了下去，直到他的脸隐没在篱笆墙后面。他手里玩弄着一截电线，突然间转过头直直地看着我。我诧异地发现他的眼里噙满泪水，晶莹的泪珠顺着他的脸颊滑落下来，他的声音因迫切的渴望而微微颤抖着："我们不能继续安于现状，我们要改变，变得更……我是说，妈妈每天忙忙碌碌，爸爸穷困潦倒，史蒂夫要搬出去，莎拉被别人叫做荡妇。"他握拳攥紧电线，从牙缝挤出几句狠话："所以，现在轮到我们了。很简单，我们要撑起这个家，要赢回我们的自尊。"

"我们可以吗？"我不太自信。

"当然可以，我们一定能行！"他十分坚定地说，站起身紧紧抓住我运动服的前襟，"我是鲁本·沃尔夫！"他盯着我的脸，大声地说，"而你，是卡梅隆·沃尔夫。这两个名字有着非凡的意义，隐含着与生俱来的荣耀，仅仅为了这两个名字，我们必须努力成为更优秀的人。而不是毫无作为，只按照别人想法生活的人，我们一定不能像那些人一样。我们必须勇往直前，不懈奋斗，努力清除阻挠我们前行的一切障碍，明白吗？"

"明白！"我被感染了，使劲地点头。

"那我就放心了。"鲁本用手拍拍我的肩膀。我们看着清晨街道上来来往往的车辆，有一股力量在心中涌动。似乎无论遇到什么难题，只要我们在一起，都可以迎刃而解。有那么一瞬间，我恍惚觉得鲁本已经长成一个顶天立地的男子汉了（其实他只比我大一岁而已）。他内心对胜利的那种强烈渴望令我感到吃惊。最后，他说道："如果我们失败了，不能怨天尤人，只能怪我们自己。"

我们进屋了，我知道他说得对。一旦失败，只能从自身找原因，因为一切都得靠自己。我们清楚地知道这一点，也会把这一点始终铭记于心。每一天，每一秒都是如此。尽管每天按时吃饭，但内心的饥渴却无法填满，它日益膨胀。

按照几天前的约定，我们在下午四点钟与佩里在公园会面，在那一刻，内心深处的这种欲望变得更加强烈。

"嘿，伙计们！"他提着一个很小的手提箱，沿着街道走过来。

"佩里。"

"嗨，佩里。"

我们朝公园中央的长椅走去。那个长椅已经被成天站在上面的鸽子弄得面目全非，坐在那儿，还要时刻提防被拉上鸽屎。然而，和其他的座椅相比，它还算好的。其他的那些估计已经被鸟儿们当成公共卫生间了。

"去清理一下长椅。"佩里皮笑肉不笑地说着。他是那种喜欢坐在荒废的公园里谈论公事的人。虽然他面露微笑，可仍旧让人觉得他不是个体面人。他的笑透着一种病态，掺杂着恶意、善意和友谊，或许还混杂着其他的情感吧。他穿着一条法兰绒长裤、一件破旧的夹克和一双旧长靴，脸上挂着那种邪恶的笑容。他想在桌子上选一块干净的地方放手提箱，没找到，最终只好放到地上。

短暂的沉默。

一位老人走过来，向我们讨要零钱。

佩里给了他一些零钱，但接着问了这个可怜的老头一个问题。

他说："老兄，你知道瑞士的首都是哪儿吗？"

"波恩。"老人思考片刻后回答。

"完全正确。可这并不重要，下面才是我要说的重点。"他的脸上再次出现了那种微笑，那种该死的笑容，"那个国家，他们曾经把所有的吉普赛人、妓女，还有像你这样的流浪汉都聚到一起，然后把他们遣送出境。从此瑞士摆脱了所有肮脏的猪猡，他们珍贵的土地也变得更加优美。"

"那又怎么了？"

"怎么了？这说明你现在是一个很幸运的流浪汉了，难道不是吗？你不仅可以留在像我们国家这么好的地方，而且可以得到像我这么好心的人的帮助，当然还包括我两位同事。"

"他们没有给过我任何东西。"

（就在前几天，我们刚把最后的几块钱输在了赛狗场。）

"你说的没错。但是，他们也没有把你扔进太平洋里，不是吗？"他咧着嘴邪恶地笑着，"他们也没有赶你走，让你滚回老家去。"他又补充道，"其实他们本应该这么做的。"

"你这个疯子。"那个流浪汉嘟囔着走开了。

"你说对了，我就是疯子。"佩里冲他的背影喊道，"可我刚才还施舍给你我辛苦赚来的钱呢！"

我想他肯定是通过那些拳击手赚到了钱。

老人已经走到下一伙人身边了。两个衣着邋遢，穿着黑色外套，头发也被染成紫色的人。他们戴着耳环，脚上穿着一双带有麋鹿图案的鞋。

鲁本观察了一阵子，说："现在轮到老人给他们钱了。"他的话让我觉得很好笑。不过事实证明他是对的。

老人在那两个人附近徘徊着，他全部的生活好像就是要靠外人施舍得到一丁点儿钱打发日子。我看着他，感觉好悲哀，真令人感到难过。

但是佩里早把刚才那位老人抛诸脑后了，他很会找乐子。现在该认真讨论一下正事了。"这样吧，"他指着我说，"我们会让你先出场。这是为你准备的拳击手套和训练短裤。因为我不知道你们会坚持多长时间，所以鞋暂时还不能给。我或许会晚一点儿再给你们，从现在开始就全身心地投入吧。"

"好的。"

我拿起我的手套和短衫。我很喜欢它们。

尽管它们很便宜，但这并不影响我对那鲜红的手套，那条海蓝色短裤的喜爱。

"现在。"佩里点上一支烟，又从手提箱里拿出一罐啤酒。边抽烟边喝啤酒。这种行为让我很反感，但我依然很认真地听着，"我们需要为你取一个绰号，在上台比赛之前向观众们介绍你，有什么好主意吗？"

"狼人？"鲁本建议道。

我摇摇头表示反对。

然后继续想。

突然，我大脑中灵光一闪。

我笑着说出来。

"失败者。"

我继续保持着微笑，佩里的脸上闪过一丝光芒。我看着那个乞讨者，看着那些古怪的人们，看着这个城市中那些到处寻找栖息之地的鸽子。

烟雾后面，佩里那张脸容光焕发，他说："很好，我喜欢。每个人都喜欢看别人失败，对他们来说有一种特别的吸引力。即使你输了，他们仍旧会扔给你一些小费的。"他然后大笑道："这个名字简单明了，比一个响亮的名字要好。"

已经没有时间让我们浪费了。

"现在，"他用手指着鲁本，接着说，"你的东西已经都选好了。这是给你的拳击手套和训练短裤。"灰蓝色的手套，乍看起来就知道是便宜货。和我的一样，连束紧带也没有。他的短裤是黑色的，上面还镶着金边，看起来比我的要好一些。"你想知道我们给你起了什么名字吗？"

"不能让我自己取吗？"

"不能。"

"为什么？"

"因为我们已经替你取好了。我以后会通知你什么时候参赛。"

"那就这样吧。"鲁本懒懒地回答。

"你只能说好。"佩里命令道。

"好的。"鲁本不太情愿。

"你还得说声谢谢。你应该感谢我们为你所做的一切。到时候就会有很多女生像多米诺骨牌那样纷纷为你倾倒。"

像多米诺骨牌那样？

太可笑了。

可是鲁本依旧照做了，说了声："谢谢。"

"好了。"

佩里站起身，提着手提箱走了。

突然间他又转过身说："提醒你们一下，二位的第一场比赛是下周日，在马鲁巴进行。别忘了，三点钟在艾迪大街等我，我开车来接你们。你们稍微早一点儿来，不要让我等你们，否则我会没地方停车，而你们也会被解雇的，明白了吗？"

我们点点头。

他转身走了。

"谢谢你提供的装备。"我说，但佩里·科尔已经走远了。

我们坐在中央公园。

面前是拳击手套、短裤，它们承载着我们热切的渴望。

卡梅隆夜话

"该死的！"

"怎么了，鲁本？"

"有个问题已经困扰我很久了。"

"什么问题？"

"我想问一下佩里，能否给我们配备一个沙袋，和其他的训练器材。"

"你不需要沙袋的。"

"为什么？"

"你有我呀。"

"啊？"

"你不愿意吗？"

"我十分乐意。"

好长一段时间的沉默……

"你害怕吗，鲁本？"

"不，以前有一点儿，不过以后再也不会了。你呢？"

"我怕。"

关于这一点没必要撒谎。我非常害怕，紧张得快要疯了。我甚至想要找个地方躲起来。

我真的很害怕。

7

可怕的星期天

就像是《启示录》里的那个人一样，每个人都知道他绝不会死掉。他太喜欢战争，太喜欢强权，压根就没有考虑过死亡，更别说害怕了。

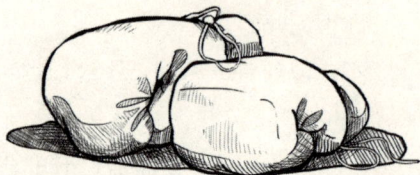

眨眼间，星期天的早晨如期来临。今天是我们第一次参加拳击比赛的日子。我急着要去上厕所，我必须缓解一下紧张情绪。这几天，我们一直努力地训练着，每天早晨跑步、做引体向上、练习仰卧起坐，甚至还用拴米菲的皮带跳绳，所有能想到的训练都做了。我们已经练习了单手出拳，每天下午，我们还会戴着新手套练习双手对打。鲁本总是不断地提醒我，他已经准备就绪。但是，我觉得还没有准备好，只想拼命地训练下去。

"谁在里面啊？"我冲着门里喊道，"哎呀，我快憋不住了。"

一个声音答道："是我。"是爸爸，那个老男人，那个即便是失业了，也还是会自作聪明地在我们屁股上踢上一脚的人。"再给我两分钟。"

两分钟！

这两分钟，我该怎么熬过去啊？

爸爸终于出来了，我感觉自己都要瘫在凳子上了。但我还是强忍着，尽可能地离厕所远远的，为什么这样呢？你一定会对我的反常行为产生疑问，我原本应该不顾一切地冲进厕所呀！但是，我告诉你，今天早上，谁如果靠近我家的厕所，谁就会闻到他这一生中所能闻到的最糟糕的味道。这味道非常复杂，它充满了怒气，确切地说，它狂暴而执拗。

　　我深吸了一口气，然后马上屏住呼吸，转过身，几乎是大笑着号叫着跑回我的房间。

　　"怎么了？"当我回屋时，鲁本问道。

　　"哦，老天呀！"

　　"发生什么事了？"

　　"跟我来！"我带他来到厕所。

　　我又一次闻到了那种味道。

　　鲁本也闻到了。

　　"令人震惊，是不是？"我问道。

　　"呃，这种味道令人太不爽啦。"鲁本承认，继续说，"那个老男人最近究竟吃什么了？"

　　"我也不知道啊，"我接过话茬儿，"但是，我觉得这就是他身上的味道。"

　　"他妈的太对了。"鲁本从里面退出来，"这实在是太残酷了，就像一个魔鬼，一个坏蛋，一个……"他找不到合适的词语了。

　　我鼓起勇气，说道："我要进去了。"

　　"为什么？"

　　"再不进去，我就要拉裤子上了！"

　　"好吧，祝你好运。"

　　"我真的需要点儿好运气。"

　　其实我在艾迪大街等车的时候更需要好运气。我感到焦虑不安，恐惧和怀疑让我的胃痉挛。我特别紧张，感觉自己仿佛浑身在流血。

　　相反，鲁本却悠闲地伸着腿坐在那里。他的手自然地放在屁股上，头发挡在脸上，偶尔被风吹起来。他的嘴微张着，露出一丝微笑。

"他来了，"哥哥说，"我们走。"

一辆客货两用车停在面前，我们拉门进去，看见里面装了不少东西，还有四个人。

"很高兴你们能来。"佩里从后视镜里冲我们微笑。他今天穿了一件猩红色的西服，看上去很硬的料子，倒是挺好看的。

"我不得不取消我的小提琴独奏会，"鲁本告诉他，"不过，还好我们赶上了。"等他坐下来，一个大块头伙计关上了车门，他叫巴姆博。紧挨着他的那个瘦瘦的家伙叫利夫。那个有点儿胖胖的小子是埃罗尔，另一个看上去还蛮正常的人叫本。车里坐着的人都比我和鲁本大，他们看上去都挺吓人的，满是伤痕的脸，还有那饱经风霜的拳头。

"这是鲁本和卡梅隆。"佩里透过后视镜向别人介绍我们。

"嘿。"

一片沉默。

残暴的眼睛。

被打歪的鼻子。

残缺不齐的牙齿。

我不安地看向鲁本。他并没有忽略我，但是，他也只是握了握拳头，好像是在对我说："淡定点儿。"

时间一分一秒地过去了。

车内一片死寂，在接下来的时间里，我试图保持着清醒。车子摇摇晃晃地向前移动着。我感到焦躁不安，我一心想着接下来该怎么办。内心里希望这段旅程不要结束，希望车一直这样开下去，希望永远不要到达终点……

我们来到马鲁巴的肉品加工厂，那里面风又大又冷，空气中还带着咸咸的味道。

很多人在里面闲逛。

在周围嘈杂的气息中，我能感觉到一种野蛮人的原始味道，这种味道源源不断地涌进我的鼻子。内心越来越恐惧，我紧紧地咬着下嘴唇，直到咬出血来了，我慌慌张张地擦掉。

"卡梅隆，"鲁本把我拖过去，"这边走，快点，小不点儿。你难道还想留下来跟这帮人一起玩玩不成？"

"我才不想呢。"

我们一直往里走，跟着佩里穿过一个小房间，来到一个里面挂满冰冻猪肉的冷库。这些猪肉就像受难者似的挂在天花板上，真是太可怕了，我盯着它们瞅了一会儿，屋里紧张的气氛和那些死猪肉恐怖的场景，让我觉得呼吸困难。

"它们像巴波亚①一样，"我轻声对鲁本说，"挂着的那些肉。"

"是的，"他回答道，他明白我的意思。

我对待在这个挂满死猪肉的冷库里感到非常好奇，对接下来不知道会发生什么感到异常恐惧。其他的伙计也都在周围等着，有的干脆坐在那里抽着烟或喝着酒，以此来缓解紧张的情绪，平复内心的胆怯。这样做会让拳头变得缓慢，但是却能增长勇气。大块头巴姆博正向我使着眼色，看到我这么害怕，他似乎很高兴。

---

① 洛奇·巴波亚（Rocky Balboa）是美国著名影星史泰龙在《洛奇》中饰演的人物，一个拳击手。

他就坐在那边，终于，他轻声对我说道：

"第一场比赛是最艰难的。"他笑了笑，"别担心能否赢得比赛。先要活着，然后再考虑胜负，明白吗？"

我点点头，没作声。

但是鲁本却说话了："别担心，伙计。我兄弟一定会站起来。"

"那就好。"巴姆博很认真地说，然后问鲁本，"那你呢？"

"我？"鲁本笑了笑，他那么坚强，信心满满，一点儿也没有害怕的表情，至少看上去如此。他只是说"我根本不需要站起来的"。因为鲁本知道他不会被打倒。巴姆博知道他不会，我也知道他不会。你可以从他身上感受到这种不败的气息，就像是《启示录》里的那个人一样，每个人都知道他绝不会死掉。他太喜欢战争，太喜欢强权，压根就没有考虑过死亡，更别说害怕了。现在的鲁本就是这个样子，他会拿着五十美元笑着走出去，就是那样，什么也不用多说。

我们看见了一些人。

"干得不错嘛，又招到新人了，哈？"一个又老又丑的男人冲着佩里笑着——这笑容就像染色剂，鲜艳却有剧毒。他把我们审视了一番，然后指着我说："这个小家伙没什么希望，那个大一点儿的小伙子看上去倒是不错。小的或许更可爱点儿，也不是太糟。他能打架吗？"

"当然能，"佩里非常肯定地告诉他，"那个小家伙很有热情。"

"太好了，"一道伤疤在这个老家伙的下巴上来回蠕动，"如果他能够不断地站起来，我们或许还能搞一次大屠杀，已经好几周没玩过这个游戏了。"他看着我的眼睛，蔑视地加了一句，"要不我们干脆把他和这些猪肉一起挂在这儿算了。"

"老浑蛋，你给我滚远点儿！"鲁本逼近一步，继续说道，"或者让我们把你和这些死猪肉一起挂在这里吧。"

这个盛气凌人的老男人和初生牛犊不怕虎的鲁本，直勾勾地盯着对方。我感觉这个人恨不得一把将鲁本按在墙上胖揍一顿，我发誓他绝对有这种想法。但是，好像被某种莫名的东西阻止了，他只简单地说了几句话："你们都知道规矩吧，小伙子们。五回合比赛，或者打到有一方站不起来为止就算结束。今晚观众们很是焦躁不安啊，他们渴望看见鲜血，所以，小心点儿。我也有一些不错的小伙子，他们像你一样敏锐。外面见。"

他离开之后，佩里将鲁本按到墙上，警告说："如果你再胆敢这样做，那个家伙一定会杀了你的，明白吗？"

"好吧。"

"说是。"

鲁本笑了笑，"好吧，"他又耸耸肩，"是。"

他松开鲁本，整理一下自己的西服，说："非常好。"

佩里带我们穿过走廊，来到另外一间屋子。透过门上的裂缝，我看见外面的人群，至少有三百人，或许更多，他们把本来空空荡荡的工厂都塞满了。

他们喝着酒。

抽着烟。

有一搭没一搭地闲聊着。

有人微笑。

有人大笑。

有人在不停咳嗽。

这是一群无聊的家伙，老的少的，冲浪运动员、足球运动员、西部人，三六九等，鱼龙混杂。

他们穿着夹克衫、黑色的牛仔裤、粗糙的外套。有些人还带着女人或者说女孩跟他们在一起。这肯定是一群没有头脑的女孩，不然也不会来这种地方。她们长得倒是挺可爱的，脸上映着迷人的笑容，与同伴有说有笑的，因为距离太远，我并不知道她们在聊些什么。男人们吸着烟，吞吐着烟雾，嘴不停地说着闲话。女人们有的被压在地板上，又或者刚刚亲热了一小会儿，就被抛弃，转而又投入别人的怀抱。

声音。

天旋地转一般，整个空间就只有嘈杂的声音。

那些金发女子还在不停地说着闲话。当我看到拳击场的灯被次第点亮，四下一片沉默之后，我能想象到那帮女人一会儿看到我被打倒在地，满脸伤痕，还留着血的时候，她们会怎样欢呼雀跃。

是的。

她们一定会欢呼的，我这样认为。

她们一只手拿着烟。

另一只手不知道牵着哪个混蛋汗津津的脏手。

尖叫，金色的头发，满嘴的酒味。

所有的一切，还有这令我感到眩晕的房间。

这才是让我感到最害怕的。

卡梅隆夜话

"嘿，鲁本，我们在这干什么？"

"闭嘴。"

"我真不敢相信我们会来到这种地方。"

"别嘟囔。"

"为什么？"

"如果你不闭上嘴的话，我就会强迫自己揍你一顿。"

"真的吗？"

"你已经开始激怒我了，知道吗？"

"对不起。"

"我们准备好了。"

"准备好了吗？"

"是的。你没有感觉到吗？"

我问自己。

你准备好了吗，卡梅隆？

再问一次。

你准备好了吗，卡梅隆？

时间会证明一切的。

多有趣啊，你不觉得很有趣吗？好像时间能做很多事情似的？时间飞逝，时间会证明一切，最坏的结果是时间会被用尽。

初登赛场

　　"好的"是一个多么奇怪的词语啊？因为你说好的时候，其实心中并不是这样想的。一切都会好起来的。是的，无论发生什么事，因为你清楚地知道事实上什么事情都不会好起来的。

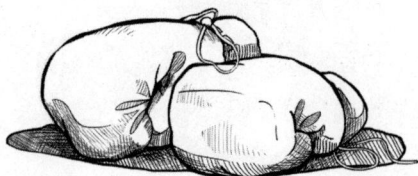

我清晰地听见自己的喘息声，紧张得要命，肺好像都要炸开了。佩里走进来告诉我时间到了。

"你第一个出场比赛。"他说。

比赛时间已到，可我还穿着那件又大又旧的夹克一动不动地坐在那里（鲁本穿的是史蒂夫的一件带帽子的旧夹克）。我的手掌、我的手指、我的脚，一切都失去了知觉。而出场时间却到了。

我站起来。

我等待着。

佩里返回了赛场，当门再一次打开的时候，我就要自己走出去了。没有更多的时间去考虑，一切就这样发生了。门打开了，我开始走出去，我终于走出来了。

来到赛场。

我一点儿斗志都没有，因为心中那份好斗之心早就落荒而逃、弃我而去。笼罩着我的只剩下恐惧。我拖着双脚，机械地向前挪步。

然后，我看见了外面欢呼的人群。

我是第一个出场的选手，观众的欢呼声令我稍微振作了一些。

他们转过头，看着身着夹克衫、头戴帽子的我走过人群。他们先是鼓着掌，吹着口哨，大声欢呼。后来，又开始喊叫、咆哮，很长一段时间都忘记了他们正在喝啤酒。他们全神贯注地看着我，一杯接一杯地喝，没有觉察啤酒怎么就灌进喉咙了。出现在场上的现在只有我一个人；不过，即将登场的是不折不扣的暴力分子。我是一个信使，就像手和脚一样，要把暴力带给他们，要把暴力传递给他们。

"他的名字叫'失败者'！"

佩里站在赛场上拿着话筒喊着。

"是的，这就是卡梅隆·沃尔夫，绰号'失败者'！"他对着麦克风大声喊着，"伸出你的双手为他欢呼吧——我们最年轻的参赛者！我们最年轻的斗士！我们最年轻的拳击手！他会坚持到最后的，朋友们，他会不断地倒下爬起，一直坚持到最后的！"

虽然没用绳子或者其他东西固定，我夹克衫上的帽子依然稳稳地戴在头上。我穿着舒适的拳击短裤和运动鞋向前走，周围人头攒动，高声尖叫。

他们警醒起来。就像刚睡醒突然睁开眼睛一样。迫不及待地想观看接下来要进行的比赛。

他们上下打量着我。眼神像刀子一样剜人，严厉、冰冷。

但突然间又变得十分恭敬。

"是叫'失败者'吗？"他们嘟囔着，一路上都是如此，直到我爬上绳索，听不见为止。鲁本就跟在我身后，他会坐在我旁边，就像一会儿等他上台后，我会坐在他旁边一样。

"深呼吸。"我对自己说。

我环顾四周。

我走上前。

从赛场的一侧走到了另一侧。

在属于我的这边停下来。

当我停下来的时候，鲁本的眼睛正盯着我。你要相信自己能够站起来，他们告诉我。我点点头，然后跳了几下。我脱掉夹克，皮肤还暖暖的。我那倔强的头发还像往常一样竖立着，浓密而好看，我已经准备好了。我已经准备好不管怎样都要不断地爬起来。我也相信自己能够欣然地接受这比赛带来的疼痛，我期待着这一切，我甚至要不断追寻这种疼痛感。我要自己跑过去，投向痛苦的深渊。我会满怀恐惧地站在疼痛面前，让它打倒我，直到我的勇气荡然无存。然后，它就会让我缴枪投降，让我赤身裸体地站在那里，更加猛烈地攻击我，咸腥的鲜血会从我的嘴中喷出，它就会喝掉这些鲜血，细细品味，然后偷偷地把它藏在口袋里，最后还会吃掉我。它会不断让我站起来，但是我不会让它知道任何事。我不会告诉它我的疼痛。我不会让它满意的。绝不会，除非它杀了我。

我站在赛场上，现在我真心希望它能够杀了我。我等待着门再次打开。我希望这种痛苦能够在我放弃之前把我杀掉……

"就是现在！"

我两眼发直，盯着脚下的帆布地板。

"你们大家都知道那是谁吧！"

我闭上眼睛，戴着手套，斜靠在绳索上。

"是的！"那个又老又丑的家伙大叫道，"他就是狡猾的卡尔·尤因斯！卡尔·尤因斯！卡尔·尤因斯！"

门被踢开了，我的对手快步走了出来。观众们彻底地疯狂了！可以肯定，人们给予他的欢呼声绝对比我出场的时候要大五倍。

狡猾的卡尔。

"他看起来简直有三十岁了！"我冲鲁本喊道。鲁本隐约听见了我的话。

"是的，"他回答说，"但是，他是个小矮子，算不了什么。"

然而实际上，他看起来比我要高很多，也更加强壮，更加迅猛。他看起来好像已经参加过一百次比赛，其中有五十次都打歪了对手的鼻子。最重要的是，他看上去很凶猛。

"卡尔·尤因斯今年十九岁！"那个老男人拿着麦克风继续喊道，"他一共参加过二十八场比赛，获得了二十四场胜利，"——最厉害的是——"有二十二场是以 K.O[①]的方式赢得比赛的胜利。"

"我的天呐！"

这次是鲁本在说话。卡尔·尤因斯跳过了绳子，开始绕场四处走动了。他看上去就像要杀了谁似的。猜猜，现在离他最近的人是谁。是我。当然是我。想想啊，二十二次把对手打倒在地，二十二次啊。我现在简直就是刀俎上的鱼肉，或者说就是狗嘴里叼着的那块肥肉。

他走过来了。

"嘿，臭小子。"他说道。

"嘿。"我回答道，虽然我也不确定需不需要回答。我只是想表示一下友好。至少，这样做，没有人能责备我什么。

[①] K.O 是英文 Knock Out 的简称。指在拳击比赛时把对方击昏（或击倒）而被判定的绝对胜利。

不管怎样，这句问候似乎起了作用，因为他笑了。

然后，他清晰地说了句话。

"我要杀了你。"

"我知道。"

我刚刚是这样说的吗？

"你害怕了。"他又说了一句。

"随便你怎么想。"

"哦，我喜欢这个想法，伙计，但是我更喜欢他们用担架把你抬出去。"

"这样做合法吗？"

"当然啦。"

最后，他又笑了笑，回到了他那边。老实讲，我十分确定，他真的能把我的皮剥下来。如果不是如此心慌恐惧的话，我就会当面痛骂狡猾的卡尔是个浑蛋。可是现在，台上只剩下我和我心中的恐惧，还有我走向赛场中央时蹒跚的步伐。

鲁本就站在我身后。

尽管我穿着深蓝色的短裤、运动鞋，还戴着拳击手套，可我一会儿觉得自己仿佛赤身裸体，毫无防备能力；一会儿觉得自己骨瘦如柴，手无缚鸡之力。你一眼就能从外表看出我内心的恐惧。

房间中的暖意穿透了我的身体，人们吐出的烟雾一阵阵地向我飘来。我仿佛嗅到了死亡的气息。

灯光聚焦在我们俩身上。

炫目刺眼。

观众席的灯光已经暗了下去。

人们仿佛都隐藏起来了。

我只能听到嘈杂的声音，却看不到清晰的脸庞，看不到金发碧眼的女人，看不到啤酒，也看不到其他的任何东西。只有声音穿过灯光传了过来，难以用言语来形容。这些声音听上去就像是人们聚在一起看着一场斗殴。事实就是这样。就是人们聚在一起看斗殴的声音。这声音也确实是如此。

我和卡尔·尤因斯都出汗了。他瞪着我，双眼仿佛在冒火，这股火让我穷途末路，无法逃避。我很快意识到，他真的想杀了我。

"公平比赛。"裁判员说道，他总是说这么一套话。

接着双方又回到了各自的一边。

我的腿像预想的一样颤抖着。

我的心脏扑通扑通地狂跳不止。

鲁本给了我两条指示，我点头聆听着。

第一条是："不要倒下去。"

第二条是："如果你倒下去了，一定要站起来。"

"好的。"

好的。

好的。

唉，"好的"是一个多么奇怪的词语啊？因为你说好的时候，其实心中并不是这样想的。一切都会好起来的。是的，无论发生什么事，因为你清楚地知道事实上什么事情都不会好起来的。

所有事情都由自己决定，对这件事而言，当然一切都由我决定。

"好的。"我对自己重复了一遍，体会着话语中嘲讽的意味。铃声响了，时候到了。

就要开始了吗？我问我自己。就是这样吗？真的吗？

我回答不了自己的问题，只有卡尔才能回答，那个意图明确的年轻人。他快速跑向我，抛出了左拳。我弯下腰，躲了过去，然后摇摇晃晃地走出了角落。

他大笑着追逐着我。

他撵上我，挥出一拳，我又躲开了。

他跑动着，总是打偏，他挑衅地说："你已经害怕了"。

第一回合快结束的时候，他巧妙地使出了左拳，打中了我的上颚，右拳又打在了我的身上。然后，铃声就响了。

这一回合就这样结束了，我都没有出手进攻一次。

鲁本对我说："我就是给你提个小建议——你一拳都不出，是不可能赢得比赛的。"

"我知道的。"

"知道？你知道什么？"

"我知道，我应该试着打几拳。"

"好的。"

但是就我个人而言，我还是很庆幸第一回合能够不被打倒而存活下来。我还站立着，就已经很满意了。

第二回合，我仍然没有进攻，但是这一次，不一会儿我就被击倒在地。观众们吼叫着。卡尔站在我旁边说："嘿，臭小子！嘿，臭小子！"这就是我正在挣扎着站起来的时候，他所说的话。不一会儿，铃声就响了。每个人都知道我内心充满了恐惧。

这一次，鲁本开始骂我了。

"如果你再继续这样的话，你将一分钱也得不到！还记得今早我们说过的话吗？这是我们的机会。我们唯一的机会，而你，就因为懦弱，将要错失这个机会了！"他冲我咆哮着。他大喊着，"如果是我和这个家伙比赛的话，我第一回合就把他打倒了。我们都知道的。只需二十分钟，就要把他打倒。所以试着把你的拳头伸出去，要不就滚回家吧！"

可是情况依旧，我一拳也没出。

人群中发出喝倒彩的声音，没有人会喜欢一个懦夫的。

第三和第四回合，我依旧没有出拳。

最后一个回合，第五回合。

发生了什么？

我走进场地，心脏怦怦乱跳，猛烈撞击着我的肋骨。我弯下腰，突然闪到另一边，卡尔又打出了漂亮的几拳。他不断地告诉我，你别跑了，当然，我是不会听他的。我不停地跑动，最终活着结束了我的第一场比赛。我输了，因为我一拳也没打出。观众们对我已经忍无可忍，恨不得对我大刑伺候。我走出赛场的时候，他们冲我大声谩骂，还往我脸上吐唾沫，甚至有个家伙还一拳打在我的肋骨上。不过，我活该。

回到休息室，其他伙计们都只是不断摇头。

佩里当我是空气。

鲁本也没有看我一眼。

他用拳头击打着那些挂在我们周围的生猪肉。我摘下拳套，感到羞愧难当。中间还隔着一场比赛，才轮到鲁本上场。他的拳头非常硬朗。他在等待着比赛，我们都知道鲁本毫无疑问会赢得比赛的。现在，我们每个人都对他充满信心。我不知道这种信任因何而来，也许是源于他在学校里打架那件事情。我也不确定，但是我能嗅出这种气息。第二场比赛结束了，鲁本马上就要开始比赛了。

当佩里提醒他时间到了，鲁本最后使劲地击打了猪肉一拳。我们一起走向门口。我们再一次等待着，当佩里的声音再次响起，鲁本推开门冲了出去。

佩里再一次喊道："就是现在，就在今晚，我想你们将会看到值得你们用人生余下的时间去谈论的事情！你们会骄傲地说你们认识他。"一片寂静。在一片沉默中，佩里的声音也变得深沉而严肃起来，"你们会说，'当时我在那里，我在那里见证了鲁本·沃尔夫的第一场比赛。我看见了骁勇善战的鲁本·沃尔夫的第一场比赛。'你们一定都会这样说的……"

骁勇善战的鲁本·沃尔夫。

这就是他的名号。

骁勇善战的鲁本·沃尔夫。人们目睹鲁本披着夹克穿过人群，径直走到赛场中间，就像其他人都不存在一样。他们都能感觉到他强大的气场，能够感觉到他必胜的信心。这些能够从他的眼神中感受到，能够从他的帽子中显现出。

他的步伐坚定有力，有些趾高气扬。

他没有向空气中挥拳。

也没有规规矩矩地一步步地走，完全不按套路。

他就是径直地往前走，径直地走过去，直直地，强硬地，时刻准备好开始比赛。

"希望你比你弟弟强一点儿！"有人大喊道。

这句话深深地伤害了我，太伤自尊了。

"我会的。"

我哥哥嘴里不只是说了这么简单的一句话，他继续向前走着，丝毫没有退缩。

"我今晚已经准备好了。"他继续说，我也意识到了这一点。他只是在自言自语。人群、佩里，还有我——我们都显得那么微不足道，就只剩下鲁本，比赛，还有即将到来的胜利。世界似乎都已经消失了。

像往常一样，他的对手也跳进了赛场。第一回合，鲁本就两次击倒了他，最后是铃声帮忙救了他。在局间休息的时候，我能做的就是给哥哥递水。鲁本平静地坐在那儿，紧盯着赛场等待着下一回合的开始。他微笑着等待比赛开始，好像很享受现在的处境。他抬起腿，又快速而轻轻地放下。他一遍遍地重复着同样的动作。然后跳起来，走出去举起拳头。比赛开始了。

第二回合就成了最后一个回合。

鲁本的右拳逮住了他。

一拳下去，把对手的肺都打爆了。

紧接着，又一拳打在他的肋骨上。

脖子上。

肩膀。

胳膊。

任何合理的进攻范围内，没有被遮挡的地方都挨了鲁本的拳头。

最后，他一拳直接击中他的面门。接着连续三拳，直到那家伙嘴里流出鲜血。

"停下来吧。"鲁本对裁判员说。

人们吼叫着。

"停止比赛吧。"但是裁判员根本没打算这么做。鲁本不得不向奇才·华尔特·布莱顿的下巴上打了最后一拳。他终于全身冰冷地倒在了地上。

一切都那么刺耳，那么暴力。

啤酒杯子都被撞得粉碎。

人们呼喊着。

地板上还留着那一摊血。

鲁本盯着这一切。

嚎叫的声音已经围绕着整个工厂。

"就是这么回事。"鲁本回到他这边的时候，说道，"我告诉他们停止比赛，但是，我想他们都比较喜欢鲜血。这也许就是人们付钱的原因吧——想见到鲜血。"

他离开了赛场，人们马上表现出崇拜之情。他们往他脸上泼着啤酒，和他握着手，还有人高喊着"你太伟大了！"鲁本对这一切没有任何反应。

最后我们都回到了佩里的小货车里。巴姆博五回合取胜，其他人都输了，当然也包括我在内。回家的一路上都很安静。只有两名选手拿到了五十美元的钞票。其他人兜里都只有一些零钱，是比赛结束时，观众扔在他这边的小费。除了我之外，其他人都有小费。如我所说，没有人会喜欢一个懦夫的。

佩里让其他人先下车，到市中心的时候才让我和鲁本下来。

"嘿，鲁本。"他叫道。

"嗯。"

"你真是个拳击天才啊，小子。下周见！"

"相同的时间？"

"是的。"

佩里对我说："卡梅隆，如果你下周还像今晚这样的话，我会杀了你的。"

我回答道："好的。"我的心都沉到了谷底。

小货车开走之后，我和鲁本开始向家走去。我的心突突地跳着。我想哭，但是没有。我多希望我可以是鲁本。我多希望我是骁勇善战的鲁本·沃尔夫，而不是个失败者。我多希望我可以是我哥哥。

我们穿过隧道，走在伊丽莎白大街的时候，一辆火车从我们上方经过。火车震耳欲聋的轰隆声撕扯着我们的耳膜，然后又慢慢地消失了。

接着，便开始能听见我们的脚步声。

在街道的另一边，我再一次感觉到了恐惧，我闻到了它的气息。这种恐惧感很容易被察觉，鲁本也感觉到了，我知道鲁本也察觉到了。但是他不知道我察觉到他的恐慌。他并没有感觉到。

生活中最糟糕的就是你发现事情完全不受你的控制，已经彻底改变了。看，我和鲁本以前都是经常在一起的。我们都很低贱，我们都活得挺窝囊的。我们都不优秀。但是现在，鲁本已经是胜利者，他就像史蒂夫一样。就剩下我自己一个沃尔夫，只有我一个人还是个失败者。

在回家的路上，鲁本两次拍了我肩膀。他之前的气愤已经平息了，可能是由于他自己获胜的缘故。我们想着回家后要怎样解释我们为什么这么晚才回来。但是，没有人问我们。妈妈在医院倒班，爸爸出去散步了。鲁本做的第一件事就是去后院把他手套上的血迹冲洗掉。

回来时他对我说："我们吃个晚饭，然后去遛米菲，好不好？"

"好。"

我把自己的手套直接扔到了床底下，它们一个斑点都没有。简直太干净了。

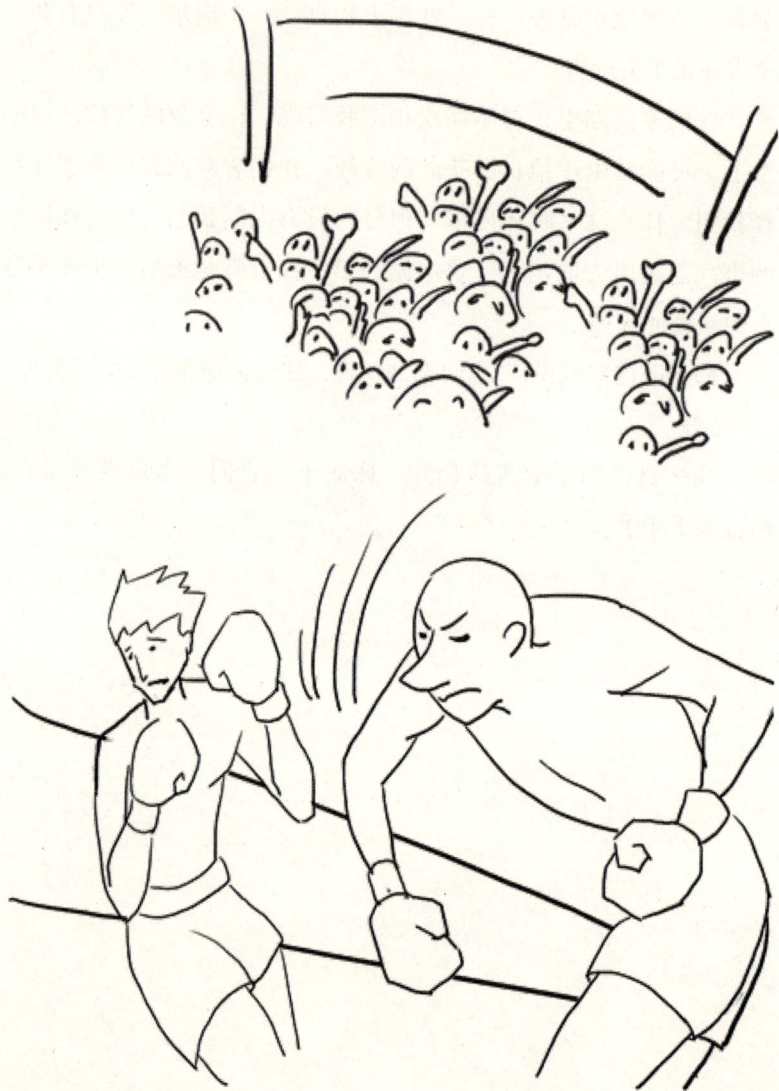

卡梅隆夜话

"鲁本？"

"嗯？"

"你必须得告诉我你有什么感觉。你必须得告诉我胜利的滋味怎么样。"

安静。

一片安静。

爸爸妈妈的声音从厨房里传出来。他们正在和史蒂夫说着话，因为我也听见了哥哥的声音。我猜莎拉应该正在她自己的房间里睡着觉。

"到底感觉如何呢？"鲁本问他自己，"准确地讲，我也不知道。但是它弄得我有一种想要狂叫的冲动。"

9

骁勇善战的鲁本

他高大、帅气、勇敢、渴望胜利。特别是
他对胜利的如饥似渴，最让人们欲罢不能。

"把那个包递给我。"史蒂夫指挥着，就像他之前说的那样，他要从地下室搬出去，带走所有的东西，离开家，和女朋友一起住公寓。他可能会先租房子，等有钱了再买一套。他现在有一份稳定的工作，每天西装笔挺去上班，收入较为可观，并且利用课余时间在大学进修学位。总之，他现在混得不错，可以离开家独立生活了。因为爸爸拒绝去领救济金，所以父母每天都在绞尽脑汁想办法支付各种账单。

史蒂夫比较理性，他对老房子没有一丝眷恋，最后甚至没有看一眼就走了。

他只是笑了笑，拥抱一下妈妈，又握了握爸爸的手，便走了出去。

在门廊上，妈妈伤心地哭了，爸爸与他握手告别，莎拉与他拥抱。这个家的儿子，莎拉的哥哥就要离开了。我和鲁本帮他整理行李，再送他一程。他的公寓离这里有一公里远，但是，他说以后想搬到南边去住。

"搬到国家公园附近。"

"好主意。"

"那里空气清新，还有海滩。"

"听起来很不错嘛。"

驱车离开，只有我回头看家人。他们都站在门廊前，目送汽车远去。然后，他们各回各的房间，回到纱窗后面，回到木门后面，回到墙后面，回到属于自己的世界。

"再见了，史蒂夫。"我们从车上取下行李，然后与史蒂夫告别。

"我现在离家也只有几条街而已。"他说。我努力地寻找着他话语间传递的信息。听上去就像是，一切都会很好的，小伙子们。我们都会好起来的，我们所有人都会说的这一类的话。但是史蒂夫的声音听上去并不像这样。我们都知道史蒂夫一定会过得很好。他的话语中并没有讽刺的意味。史蒂夫总是保持着不错的状态，事情就是这个样子的。

我们都没有互相拥抱。

史蒂夫先和鲁本握了握手。

又和我握手。

最后说："照顾好妈妈，好吗？"

"当然。"

天快黑了，我们一起跑回家。已经是周二的晚上了。鲁本边跑边时不时停下来等我。他不断催促我快点。下一场比赛就要来了，它就像一个小偷一样随时准备下手，只有五天时间了。

每天晚上，我都会梦到下一场比赛。

我总是做噩梦。

醒来后，发现自己甚至会大汗淋漓。

在梦里，我与佩里比赛。有时，也与史蒂夫或者鲁本对打，甚至妈妈也会把我揍得狼狈不堪。最诡异的是，每次比赛，爸爸都会在人群里静静地观看，什么也不说，也什么都不做，只是看着一切，偶尔翻阅报纸广告，忙着找工作。

周六晚上，我彻底失眠了。

整个星期天，我都郁郁寡欢，没有任何食欲。

像上周一样，佩里在同样的时间来接我们，但是他这次领我们去格里比，就在这条路的尽头。

一切如常。一如既往。

同样多的人群。

同样的家伙，同样的金发女子，还有同样的气味。

我也同样感到害怕。

老仓库不停地发出吱嘎吱嘎的声响，好像随时会散架似的。

鲁本站在门前提醒我。

他说："记住，要么让对手杀了你，要么让佩里杀了你。如果我是你，我知道该怎么做的。"

我点点头。

门，被打开了。

再次听到佩里喊我的名字，我起身，深深吸了一口气，便走入人群。对手在等我，但是今晚，我决定不看他，刚开始的时候没有看，在赛前与裁判对话的时候也没有看，一眼也没有。

他站在我面前的时候，我才第一次看他。

他个子比我高。

留着一撮小小的山羊胡子。

进攻虽然不快但是很猛烈。

我弯下腰，突然转向另一边，然后挡住了他的去路。

毫无悬念。

也没有丝毫犹豫

我晃动肩膀，一拳向他打去，我转向内侧，猛击他的脸，打偏了。我又打出一拳，还是没有打到。

他的大手好像先晃动一下我的身体，然后一拳打中我的下巴。我反击一拳，打在他的肋骨上。

"就这样。卡梅隆！"我听见了鲁本的喊声。回合间休息的时候，他笑着对我说："再来一回合，"他告诉我，"你可以轻松把这个傻瓜撂倒了。"他甚至开始大笑起来，"你就想象成在和我打架好了。"

"好主意。"

"你怕我吗？"

"有一点儿。"

"呃，总之，不管怎么样吧，打他就行了。"

最后，我喝了口水就出去了，开始第二回合。

这一次，观众们开始倒向我这边了。他们的声音穿过绳索，围绕在我周围。当我被打倒在地上的时候，他们的声音就像河流一样在我身上流淌，让我赶快爬起来。

第三回合很平静地过去了。我们纠缠在一起，猛击对方的肋骨。我击倒他一次，他却嘲笑我。

第四回合刚开始的时候，他对我飙垃圾话："嘿，我昨晚上了你妈妈，她真是又脏又恶心。"就是在这时，我下定决心，我一定要赢。我脑海里浮现出妈妈的身影，沃尔夫夫人工作的场景。她极度疲劳，但为了我们却依旧在不停地工作。

我进攻更加猛烈，但是我并没有失去理智或者变得疯狂。我打得更有耐心，一旦抓住机会，我就会向他脸上狠狠地揍上三拳。直到这回合比赛结束，铃声响起的时候，我都无法停下拳头。

"你他妈的怎么了？"鲁本笑着问我。

我回答："我太饿了。"

"好啊。"

第五回合，我被击倒两次，那个绰号雷电乔琼斯的家伙被击倒一次。每次我倒地的时候，人们都不断地鼓励我站起来。当铃声响起，宣布比赛结果的时候，观众起立为我鼓掌，朝我这边扔硬币。佩里把它们收集起来。

虽然输掉了比赛，但我打得还不错。

我站起来了。

必须的。

"给你。"我们回到休息室的时候，佩里把钱都给了我。"二十二块八。这是一笔很不错的小费。大多数输了比赛的人能得到十五块或二十块就已经很高兴了。"

"他没有输。"

鲁本站在我身后，说道。

"随便你怎么说吧。"佩里表示赞同（也不介意这是不是真的），然后就离开了。

每当有鲁本的比赛，人们就会变得格外疯狂。他们盯着鲁本，关注着他的一举一动，一颦一笑。消息传得很快，说佩里·科尔得到了一个圣斗士般的选手。每个人都想见他，尽管他们并不了解鲁本。

比赛刚开始，鲁本便打出一记重重的左勾拳。

和他对阵的家伙一上场就被打倒在绳索上，鲁本继续猛击。他连续使用上勾拳，不断击打对手的肋骨，一拳接一拳。第一回合只进行到一半，比赛就结束了。

"站起来！"人们大喊着，但是这家伙已经站不起来了，一动也不动。

鲁本站在那里。

站在那家伙面前。

他没有微笑。

人们看见了鲜血，闻到了血腥的味道，也看到鲁本眼中的烈焰。骁勇善战的鲁本·沃尔夫，人们一直高喊着鲁本的名字。如果说人们愿意一直看拳击比赛，那一定是因为这个名字。

当他从赛场出来时，人们又一次围了上来，简直快要让他窒息了。

喝醉酒的男人，淫乱的女人。

人们都围在他身边，试着触摸到他。但是，鲁本还是老样子，他径直穿过人群，自信地微笑着，感谢着大家。大家始终都没有把注意力从他的脸上移开。

他坐在屋子里，对我说："今天我们发挥得都不错，卡梅隆。"

"是的，我们确实是。"

佩里给了他五十美元。"胜利者是没有小费的。"他说，"无论如何，总能得到五十美元。"

"别担心。"

鲁本起身上厕所，我和佩里聊了一会儿。

"不出我所料，人人都喜欢鲁本。"他解释道。停顿了一下，他问："你知道为什么吗？""我知道。"我点点头。

但他还是继续说下去："他高大、帅气、勇敢、渴望胜利。特别是他对胜利的如饥似渴，最让人们欲罢不能。"他咧嘴笑了笑，说道，"外面那帮女人还求我告诉她们怎么能找到鲁本呢。她们都喜欢像鲁本这样的小伙子。"

"估计也会是这样的。"

当我们走到外面，准备离开的时候，有个金发女子在附近来回溜达着。

"嘿，鲁本。"她轻手轻脚地走过来，说，"我喜欢你的比赛。"

我们继续往前走，她跟在我们身后，胳膊轻轻地挎着鲁本。我打量着她，打量她整个人。

她的眼睛，长腿，头发，脖子，呼吸，眉毛，胸部，脚踝，前拉链，衬衫，纽扣，耳环，胳膊，手指，双手，心，嘴，牙齿，还有她的嘴唇。

她很棒。

她不同寻常，沉默也很愚蠢。

然后，我震惊了。

我哥哥突然停了下来，他和金发女子互相看着对方。然后，他们开始接吻。她吮吸着他的嘴唇。他们靠在墙上。女孩，鲁本，墙。他们互相依靠着，缠绕着，好像要合为一体。他们的舌头纠缠着，手在对方身上到处游走着。他狠狠地吻了她一会儿。

然后，他停了下来，走开了。

鲁本边走边说："谢谢你，亲爱的。"

卡梅隆夜话

"嘿，鲁本。你又醒了吗？"

"又跟往常一样。你就不能有一个晚上不说话？"

"最近好像不能了。"

"呃，我猜你这次倒是有个很好的借口了——你今天打得真不错。"

"下一场会在哪里比啊？"

"阿什菲尔德，我想，然后应该是海伦斯伯格。"

"鲁本？"

"又怎么了？"

"你为什么不搬到史蒂夫的房间去？"

"你为什么不去呢？"

"莎拉为什么不去啊？"

"我觉得妈妈想把它变成办公室，做一些文书的工作，或者类似的事情吧。反正她是这么说的。"

我说："我感觉不是这样的，我并不这么认为。"那个地下室是史蒂夫的房间，永远都是。即使他已经搬走了，其他的沃尔夫们也要保持着原有的状态。他们需要这样。我能够在这个灰蒙蒙的夜晚里感觉到，我能察觉到这样的气息。

我其实还有一个问题要问。

我并没有问出来。

我实在开不了口。

是关于那个女孩的问题。

我在想着这件事，但是我没有说出口。

总有一些事情是不能询问的。

10

南瓜足球赛

他变得更加冷酷，他体内好像有一个开关，
一旦临近比赛，就会开启它，他就像一台机器。

我们不停地训练、比赛，然后继续训练、比赛，周而复始。我终于在海伦斯堡赢得了首场胜利。对手是个混蛋，比赛自始至终都在叫我臭小子。

"你就这点儿能耐，臭小子！"

"你打拳的姿势简直和我妈妈一样，像个娘们似的，你这个臭小子！"

类似的话。

在第三回合，我第一次把他击倒；紧接着，在第五回合我再次把他击倒。最后计算点数，我获胜，赢得了五十美元的奖金。不过这不是最重要的，重要的是，我赢了！虽然对手输得很不服气，但胜利的感觉真好。尤其是到最后，当我和鲁本相视而笑，心照不宣，这种感觉更加强烈。

"我为你感到骄傲。"鲁本在休息室对我说。

随后，他又严肃了起来，似乎又表现出对我的担忧。

他到底怎么想的……我也说不清楚。

我能感觉到哥哥最近情绪的变化。他变得更加冷酷，他体内好像有一个开关，一旦临近比赛，就会开启它，然后他就会变得不再是平时的那个鲁本了。他就像一台机器。此刻的他和史蒂夫相似，却又不同。鲁本更加暴力和极端。史蒂夫是一个胜利者，因为他一直都以胜利的姿态出现。而鲁本的胜利是因为他发自内心地想要打倒对方。史蒂夫知道他自己是一个成功者，而鲁本，在我看来他一直都在不断地向他自己证明这一点。他勇猛好斗，激昂热情，时刻准备着打倒他视线范围内的任何敌人。

他就是骁勇善战的鲁本·沃尔夫。

或者说，实际上，他是在与他自己战斗？

在他的内心世界里。

时刻都在向自己证明他不是失败者。

我不知道这样说是否正确。

但是我觉得，鲁本的每一寸目光里，每一丝呼吸间，每一次期待中，你都能感受到他迫切地想证明自己。

到底是谁和谁在比赛？

在今晚的比赛中，他把对手打得遍体鳞伤。那个家伙从一开始，就是刚刚站上拳击台的时候，就能看出鲁本有着完胜他的优势。鲁本对胜利的渴望更加强烈，他出拳也更加迅速。每次，那家伙倒下的时候，鲁本就会站在他旁边，对他说："起来。"

又一次，他被打倒，鲁本依旧说："起来。"

当那家伙第三次倒地的时候，他终于站不起来了。

这次，鲁本对他大声喊道："起来啊，家伙！"

他反复击打着拐角处的垫子，每次都是在垫子还没来得及弹回来之前，他的拳头就又打了上去。

在休息室里，他没有看我，也不跟任何人说话。

他似乎是在自言自语，"要是再来一场的话，两回合，他就会爬不起来了。"

他的粉丝中，女孩居多。

我看见她们总是充满爱慕地盯着他。

她们年轻、漂亮。她们喜欢身强力壮的小伙子，即使那样的小伙子对她们并不太友好。但是在我看来，女人也是人，有时候她们甚至比我们男人还要愚蠢，她们似乎就是喜欢那些坏男人。

但是，鲁本是否也是坏男人呢？我问自己。

这是个不错的问题。

他是我哥哥。

或许，我还不完全了解他。

几周时间内，他不断地参加比赛，获得胜利，甚至都没有时间刮胡子。他每次出现在赛场上，总是以击倒对手而告终。当我发挥不错的时候，他就会露出赞许的笑容。

在学校，刮起了一股关于鲁本的风潮。人们都知道他，甚至都能够认出他。大家都听说他很强壮。他们知道鲁本参加拳击比赛，却不知道我也参加了，但我想这样最好。如果他们看了我的比赛，只会笑话我罢了，我只配做鲁本的陪衬。他们会说，"去看看沃尔夫们的比赛吧。年轻的那个，叫什么来着，他简直就像个笑话。看看人家鲁本，他打起比赛来，就像不要命似的。"

"那都是谣言。"鲁本这么告诉人们，"除了我家后院之外，我没在别的地方打过拳。"他的谎话说得那么自然。"看看，我弟弟身上那些淤青。我们在家经常打斗的，仅此而已。"

周六早上，太阳才刚刚升起来，天气晴朗，略有点儿冷。我们出去跑步，遇到一群彻夜未归的小伙子。

"嘿，鲁本！"一个小伙子喊道。

他是鲁本的老朋友，叫奶酪。（至少他的外号是奶酪。我觉得似乎没有人知道他的真实姓名。）他站在通往中央火车站的那条人行横道上，胳膊下还夹着一个大南瓜。

"嘿，奶酪。"鲁本抬起头，朝他走去，"最近忙什么呢？"

"没什么事。天天喝点儿小酒。自从我退学以后，天天除了工作就是喝酒。"

"啊？"

"这种生活还不错，伙计。"

"乐在其中啊？"

"嗯，每一分钟都很享受。"

"很高兴听你这么说。"但是实际上，我哥哥根本不在意这些事。他还在抚弄着这两天刚刚长好的伤疤。"那个南瓜是干什么用的啊？"

"听说你最近很勇猛，像个黄金圣斗士。"

"哪里哪里，就在我家后院算是这样吧。"鲁本突然想起了什么事情似的，问道，"你们都知道这件事了？"

"对啊，伙计，当然了。"因为奶酪以前夏天的时候也和我们在一个院子里玩。他想起了那个南瓜，就把话题拉了回去。"我们在胡同里发现这个的，决定把它当球踢。"他的伙伴们回来了，站在我们周围。

"就在这儿吧，怎么样，奶酪？"他们问。

"太好了。"他沿着人行道踢了大南瓜一脚。大家便相互追逐着，跟着南瓜奔跑。

"使劲踢啊！"有人大喊，游戏就这样开始了。队伍马上就分散开来，南瓜在场上乱飞。一个小伙子得到了球，立刻传给了鲁本。

"鲁本！"我叫道。

他把球传过我。

我却漏掉了，没有接住。

"哈，你这个无用之人！"奶酪大笑。居然还有人在用这个词？这个词应该是我们祖父辈用的吧。不管这些了，我赶紧阻拦另一个人，用实际行动弥补我刚才的失误。

这时一个拾荒女人经过，寻找东西作为早餐。

又有几对情侣绕道走了过去。

南瓜已经变成两半了。我们还在继续踢着其中的一半，另一半撞到一棵摇钱树上，已经变得粉碎了。

我把球传了出去。

鲁本得到了球。

每个人都玩得很开心，我们身上充斥着汗水、生南瓜和啤酒的臭气味。

"你这个臭小子。"鲁本对奶酪说。

"哎呀，谢谢夸奖！"奶酪答道。

我们一直玩到南瓜变得像高尔夫球那么大才结束。这时，来了两个警察。

一男一女两个警察，微笑着朝我们走来。

"孩子们，"那个男警察先开口问，"玩得好吗？"

"老伙计，盖瑞！"鲁本叫道，"你在这儿干什么？"

是的，你猜对了。这两个警察就是我们在赛狗场认识的伙伴。

盖瑞，那个堕落的帮别人下赌注的男警察，和凯丝，那个聪明美丽有着深褐色皮肤的女警察。

"啊，是你！"男警察大笑道，"最近还去赛狗场吗？"

"没有，"鲁本回答道，"最近有点儿忙。"

凯丝用肘推了一下盖瑞。

他停了下来。

然后，他意识到了自己的身份。

"现在，小伙子们，"他开始发话了，我们都知道他要说什么，"你们都知道干这种事情是不对的。现在这里到处都是南瓜，太阳照在上面，它就会像老人的工作靴一样，弄得这里臭气熏天的。"

一片沉寂。

紧接着，几个人点头称是。

是，有道理，我觉得你说得对。

但是没有人真正明白他话里的意思。

我错了。

我错了，因为只有我一个人走到前面，说道："好的，盖瑞，我懂你的意思了。"然后我就开始捡地上碎成一片一片的南瓜，鲁本也默默地跟着我捡了起来。除了奶酪过来捡了几片，其他人醉醺醺地站在原地看着，什么也不做。他们惊讶地看着我们，他们已经酩酊大醉，甚至有些气喘吁吁了。

"十分感谢。"当我们捡完了之后，盖瑞和凯丝说。这时候，那几个醉醺醺的朋友们已经在回家的路上了。

"我真想狠狠地教训一下那帮臭小子。"鲁本说。他说得很随意，却很凶，就好像要是警察转过身当作没看见的话，哪怕只有一秒钟的话，他就会这样做了。

盖瑞看了看他。

好几次。

他注意到了鲁本的变化。

盖瑞说：“你变了，鲁本，发生了什么？”

鲁本就只说了一句：“我不知道。”

我也不知道。

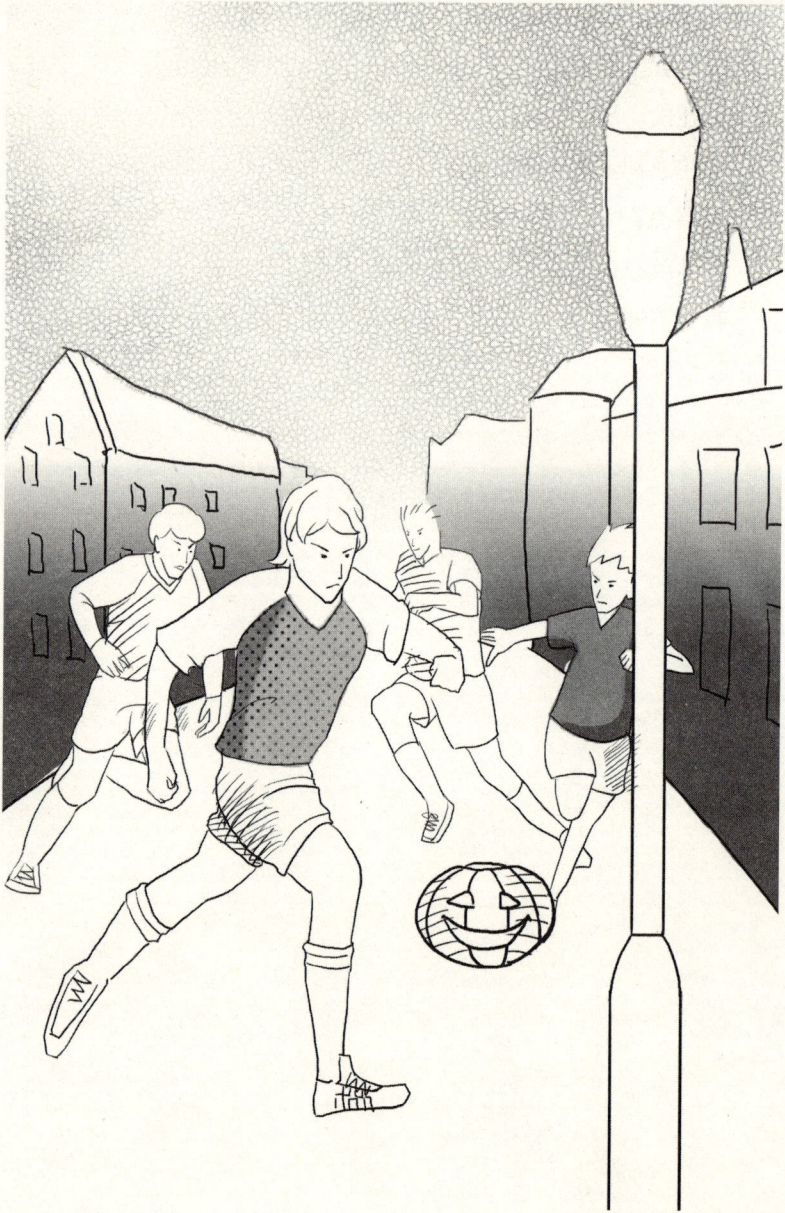

卡梅隆夜话

这是一场发生在中央车站，我与自己的对话。当鲁本和盖瑞瞎聊的时候，在我的脑海里，开始我和自己的对话。

对话内容如下：

"嘿，卡梅隆？"

"嗯？"

"他为什么会突然让你觉得很害怕呢？"

"他现在太厉害了，即便是在他微笑甚至是大笑的时候，他都能很快地停下来，马上严肃起来。"

"也许他只是想变成个小有名气的人。"

"也许他想弄死某人。"

"你太蠢了。"

"好吧。"

"也许他只是厌倦失败的感觉，再也不想经历失败了。"

"又或许他是在害怕。"

"也许吧。"

"但是，他到底在害怕什么呢？"

"我不知道。一个胜利者有什么可感到害怕的呢？"

"失败？"

"不，不仅仅是失败。我敢说……"

"无所谓了，凯丝看上去真不错，是不是？"

"她是不错……"

"——但是他到底在害怕什么啊？"

"我告诉你吧。其实我也不知道。"

11

妈妈的顾虑

　　我爱沃尔夫夫人。我可以毫不犹豫地这样
告诉你。她很聪明，除了厨艺实在不敢恭维外，
她在其他方面简直是个天才。

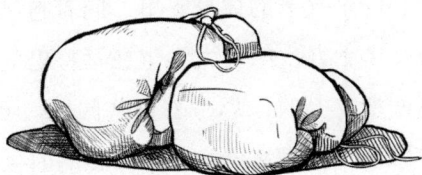

我只觉得自己对所发生的一切有一种前所未有的恐惧感。

你知道当狗感到恐惧时，那种哀嚎的样子吗？就像暴风雨来临时那般黑暗压抑。我现在就想像那样子，发泄一下。我有满脑子的问题，不顾一切地想要知道答案。

这些事情是什么时候发生的？

又是怎么发生的？

他为什么会转变得如此迅速？

为什么我没有为此而感到高兴，反倒觉得害怕呢？

为什么我不知道其中的原因呢？

这些问题每天都在纠缠着我，一点一点地侵蚀着我的身心。当哥哥在接下来的几场比赛中大获全胜的时候，当他每次凌驾于对手之上，告诉他"站起来"的时候，当别人分享他的胜利的时候，这些问题都会出现在我的脑海里。我会在夹杂着红花油、手套和汗水气味的休息室里，问着自己同样的问题。当我目睹鲁本与一个十九岁的女大学生在马鲁巴的工厂后面亲热了之后便头也不回地走开时，思考着这些问题。我会在他与另一个女孩亲热，然后下一次，又再换一个女孩的时候，想着这些问题。我会在全家聚餐，妈妈正在倒着汤，莎拉正优雅地吃饭的时候想着这些问题。我会在爸爸把饭送到嘴里，缓缓吞咽，慢慢消化，咀嚼品尝他人生的失败，然后不断地重复着同样动作的时候想着这些问题。我也会在和莎拉一起收衣服的时候思考这些问题。（"该死的！"她大叫道，"下雨了！嘿，卡梅隆，快点出来帮我把晾的衣服收回去！"可笑的是，我们俩着急地跑来跑去，一把就将衣服从绳子上扯下来，也不管衣服会不会坏掉，心里就想着只要它是干的就够了。）我甚至都会在闻着自己袜子是不是还能够再多穿一天或者是马上就需要洗一下的时候，想着这些问题。我也会在去史蒂夫的新家拜访他，喝着咖啡，与他交谈的过程中想着这些问题。

最后，终于有人帮我摆脱了这种困境。

那就是沃尔夫夫人，因为她自己也存在着一些疑问。妈妈对此感兴趣，那是最好不过的事。因为或许她可以从鲁本那里获得一些信息，帮我更好地解答我那一连串关于鲁本的问题。她选择了我赢得最后一场比赛那周的一个晚上，那时我身上也已经没有淤青了。

星期三的晚上，我和鲁本遛完狗后，坐在长廊上逗着米菲。这个机灵的小狗想要在这间破旧的休息室中得到别人的注意。我们拍它的时候，它便滚来滚去的，我和鲁本看着它的尖牙利齿哈哈大笑起来。

"哦，米菲！"鲁本吐了一口气叫道，就和我们过去常常看到他叫狗的时候一样。他就在那一边笑着，一边从嗓子里挤出声音来。

这意味着什么呢？

懊悔？

自责？

还是气愤？

我不知道。但是沃尔夫夫人，她感觉到了。在昏暗冰冷的灯光下，妈妈坐在长廊上，加入了我们的行列。

我爱沃尔夫夫人。

我可以毫不犹豫地这样告诉你。

我爱沃尔夫夫人，她很聪明，除了厨艺实在不敢恭维外，她在其他方面简直是个天才。她很勇敢，鲁本也必须承认，她甚至比他还勇敢。虽然她的争斗与拳头无关，但是却与整个家族有关……

今晚，她开口第一句话是：

"怎么了，孩子们？你们最近周末为什么总是很晚才回家呢？"她自己笑了笑，"我知道你们已经很久没去赛狗场了，是不是？"

我看着她，问道："你是怎么知道的？"

"克雷杜克夫人。"她坦白。

"可恶的克雷杜克！"我大叫着。克雷杜克夫人是我们的邻居，她总是戴着假牙，吃着热狗，喝着冰啤酒，出现在赛狗场上，好像过完今天明天就不过了，更别提每天都吸着长滩牌香烟，一直吸到太阳落山、奶牛回家的时候才停下来。

"忘了赛狗场吧。"妈妈叹了口气。

她说着。

我们听着。

我们只能听着。

当你非常喜爱和尊敬某人时，你就愿意聆听她的教诲。

"我知道现在要做到这些有点儿困难，小伙子们，不过就当帮我个忙好了，早点回来，至少尽量在天黑之前回来。"

我脱口而出："好的，妈妈。"

鲁本没有说话。

他比较直截了当："我们去体育馆了，周日下午会比平时便宜些，我们可以在那里练习拳击。"

拳击。

好你个鲁本。

我们都知道妈妈对拳击的看法。

"那确实是你想做的吗？"她竟然很温柔地问。我想，她知道她根本阻止不了我们，只能让我们自己发现这样做不好。她继续说："拳击？真的吗？"

"我们玩的拳击很安全，全程都有人监督和照顾。与我们以前在后院玩的那种有所不同。与这种玩法相比，我们以前在后院玩的单手对打简直不算什么。"

这确实不是谎话。是的，每场比赛都有人监督，参赛人员也有人照顾，但是被谁照顾呢？多可笑啊，真话和谎言听上去都是一个样子的。它们很好地隐藏在法兰绒衬衫、运动靴、牛仔裤，以及鲁本的嘴唇里。

"记得彼此要互相照顾。"

"我们会的。"

我笑着对沃尔夫夫人说，因为我不想让她工作的时候还为我们担心，我希望她觉得我们一切都好。

"好的。"鲁本回答。

"好。"

"我们会尽量早点儿回来的。"他趁着妈妈进屋之前，继续说。妈妈拍了一会儿米菲，用她那干枯的手指抚摸着米菲柔软蓬松的皮毛，这是妈妈第一次逗弄小狗。

"看看这狗。"我说道，其实我就是想在妈妈走后说点儿什么，尽管说什么都无所谓。

"它怎么了？"

我有些不知所措，也不知道到底要说些什么。"我猜我们都喜欢上它了。"

"但是喜欢又有什么用呢。"鲁本看着街道，说道，"一点儿用也没有。

"那么憎恨呢？"

"我们会憎恨什么啊？"他大笑道。

事实上，有很多值得我们去喜爱也有很多有理由去憎恨的东西和事情。

喜爱这些人。

憎恨这种处境。

妈妈在我们身后的厨房里干活，发出响声。我们转身看见爸爸在帮她，还看见爸爸轻吻了她的脸颊。

爸爸失业了。

但是他依然爱着妈妈。

妈妈也爱他。

这温馨的一幕让我想起了我和鲁本以前在仓库和工厂里打架的情景。我决定让这种记忆变得暗淡，至少相对暗淡一些。我似乎看见了莎拉，她正在加班（就像她最近经常做的一样），或者在看电视或读书。我甚至还看见了史蒂夫，他自己一个人在外面维持生计。当然，最主要的是，爸爸和妈妈——沃尔夫先生和沃尔夫太太。

我在想那个骁勇善战的鲁本·沃尔夫。

我在想战斗中的鲁本·沃尔夫。

发自肺腑地思考着这一切。

我要发现那个真实的鲁本·沃尔夫……

我回想起那些你有着必胜把握的比赛，那些你觉得会输的比赛，还有那些你也不了解情况的比赛。我回想起中间的每一个情景。

现在换做是我在看着屋外的街道。

我终于开口了。

我说道："不要失去信心，鲁本。"

然后，哥哥毫不迟疑地回答我。

他说："我不会失去信心的，卡梅隆。事实上，我正在试着找到信心。"

卡梅隆夜话

今天晚上，我们之间什么话也没说。

我没问他："嘿，鲁本，你醒着吗？"

他也没回答："我当然醒着了！"

房间里一片寂静和黑暗。

鲁本和我都沉默不语。

虽然，鲁本醒着。即使我看不到，但是我可以感觉到，他醒着呢。

厨房里也没有声音。

好像世界都停滞了。

这个房间。

这样的气氛。

这个夜晚。

12

赛狗场赢钱

　　我和鲁本大步向前走着。以前我们走路，像是霜打了的茄子般毫无活力，或者是像做错事的小狗一样沿着街边走，无精打采。但是现在，鲁本挺直腰杆笔直地向前走着，因为他时刻都在备战状态。

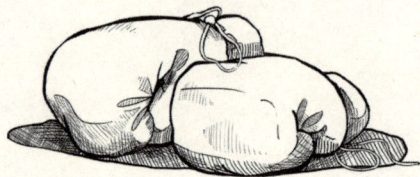

周六早上天亮时，我还在蒙蒙眬眬地做梦。满脑子全是女人、鲜肉，还有比赛情景。

想到女人，我就格外害怕。

想到肉，却让我格外兴奋。

而一想到比赛，我就感到特别恐惧。

我蜷缩在毯子里，只让鼻子露在外面，好让我顺畅呼吸。

"我们出去跑步吗？"我问鲁本。

难道他还没有醒？

"鲁本？"

他回答道："不，今天不去了。"

太好了。虽然梦里充满了恐惧，但是被窝里还是很暖和的。正好，我觉得我们也确实需要休息一下了。

"因为我一会儿想要做点工作，"鲁本接着说，"练习一下我的出拳。我们一会儿去后院干一场怎么样？"

"我还以为不再练了呢，你不是答应过妈妈吗？"

"嗯，我们还是继续练吧，我改变主意了。"他翻过身接着说，"你知道，你也可以练习一下你的比赛技巧。"他说的对。

"好的。"

"所以你就别在那儿嘀咕了。"

"我不介意啊。"的确如此,"不管怎样,我们都会很开心,就像以前我们练习的时候一样。"

"非常正确!"

"太好了!"

我们继续睡觉。对我而言,又回到了充满鲜肉、比赛和女人的梦境里。我很好奇,鲁本会梦到什么呢?

我们起来的时候,天色已经大亮。爸爸、妈妈和莎拉去史蒂夫的住处,了解他近况如何。现在是我们训练拳击的黄金时机,我们马上抓住了机会。

我们像以前一样,走过去,把米菲牵过来。

小狗跟在我们后面,一边舔着嘴唇,一边抬头望着我们。

我们在院子里用篱笆围成一个圈作为拳击场。

鲁本打我一拳,我回击过去。他出拳的次数比我多,但是他每次要出第二拳的时候,我都能反击打到他。他开始有点儿泄气了。

在休息的时候,他说:"我动作必须更快一些,出拳也要更快一些,防守更要积极一点儿。"

"是啊,但是你知道在比赛中你是怎么做的吗?"我告诉他,"你每次右手打出去之后,不管一下还是两下,你的左手就紧跟着打了出去。你的左手总是会比对手的左手出拳更快。"

"我知道,但是如果我遇见一个出拳更快的人,怎么办?那样我就要倒霉了。"

"我看不一定。"

"是吗?"

休息片刻，继续练习，我们交换拳击手套后接着玩，一切就像回到了从前。每人一只手套，绕着院子，我们嬉笑着，打闹着，没有太用力。我们明天还有比赛，所以不能有伤痕，也不能流血。我玩得很开心。蹲在地下，看着鲁本，发现他以同样的表情看着我。我突然间就有了一种满足感。我们在院子里用一只手互相打斗着，玩得好开心。我感到与哥哥之间有一种从未有过的亲切感，这种感觉越来越强烈——我们是兄弟，永远都是。我这样想着，眼睛看着他，他也咧嘴笑着看我。鲁本拿手套逗着米菲，米菲十分专注地绕着手套跑来跑去，非常可爱。

"可爱的米菲啊！"他笑道。我眼中充满了阳光。

随后，一切又恢复到了正常的节奏。

我们坐在屋子里，鲁本掀开我床上破旧毯子的一角。其中一个信封里装着他的钱，另一个里面装着我的。鲁本的信封里有三百五十美元，而我的大约就一百二十美元。鲁本的钱是七场全胜赢来的，而我的钱则是赢了两场比赛外加小费。

鲁本坐在床上，数着钱。

"所有的钱都在这里吗？"我问道。

"为什么不都在这呢？"

"我就是问问！"

他看着我。

回想一下，这应该是我们第一次真正生气地向对方大声喊。我们以前也总喊的，这很正常，我们觉得很有趣，每隔一段时间，就会这样一次。但是，今天不同，今天发生的一切就像炸弹一样，在我们兄弟间爆炸开来。这是因为相互怀疑，不信任所引起的。

我们安静地坐在屋里，窗外传出簌簌的声音。

一，二，三，四……

鲁本似乎有好多话想说，却没有说出口。

最后，他说："今天赛狗场有比赛吗？"

"应该有吧，对，有比赛。周六有第八场比赛。对，就是今天。"

"你想去吗？"

"想啊，怎么不想？"我笑了笑，说道，"我们说不定还会遇见那两个警察呢。"

"是啊，他们俩，人挺不错的。"

我从自己的小费中抓了一把零钱，也扔了一些给鲁本。

"谢谢。"

我又把十块钱放到夹克兜里，"小意思。"

我们穿上鞋，离开屋子，留下一张字条，说我们会在天黑前回来，然后把它放在厨房的桌子上，就放在《先驱报》旁边。那份报纸搁在那里，正翻到求职那一版。它的存在仿佛暗示着一场战争，每一个小广告都像是一个陷阱，引诱人们跳进去。让人们在陷阱中满怀希望，奋力争夺。

我们的目光在报纸上停留了一会儿。

我们都明白其中的含义。

鲁本从冰箱里拿出一盒牛奶，仰起头"咕咚咕咚"喝了一大半，把没喝完的顺手放回了冰箱。我们走出去，把报纸、战争和字条留在了桌子上。

我们走到外面。

我们走出前门，要到大门口了。

一如既往，我们穿着牛仔裤、法兰绒衫、运动鞋和夹克。鲁本的夹克是棕色灯芯绒的，又旧又可笑。但是，鲁本穿着它显得非常英俊干练。我的夹克是黑色的，我只能说我看上去还凑合，至少我希望是这样的，或者说，不管怎么样，至少勉强还看得过去。

街上非常嘈杂，各种气味、各种声音围绕着我，我却很享受这一切。远处的高楼看上去就像擎天的柱子一样，天空湛蓝明朗，我和鲁本大步向前走着。以前我们走路，像是霜打的茄子般毫无活力，或者是像做错事的小狗一样沿着街边走，无精打采。但是现在，鲁本挺直腰杆笔直地向前走着，因为他时刻都在备战状态。

我们到达赛场的时候，已经一点了。

"看，"我指着一个女人说道，"是克雷杜克夫人。"

和预想的一样，她正坐在看台上，一只手拿着一个热狗，另一只手拿着冰啤酒和香烟。烟雾笼罩着她，仿佛和我们阴阳两隔。

"嗨，小伙子们！"她向我们喊道，顺便吸了口烟，抑或喝了口啤酒？她披着棕色的头发，涂着紫色的唇彩，她的鼻子看上去皱皱的。她穿着一件很旧的连衣裙，还扎着腰带。总之，她看上去很健壮，体型硕大。

"嘿，克雷杜克夫人，"我们跟她打招呼（她喝了一口酒，紧接着又吸了口烟），"你最近怎么样？"

"太好了，谢谢。没有什么事能比在赛狗场待上一天更令人兴奋的了。"

"那确实是。"但是我却在想，谁在意她回答什么呢，"下一场比赛你看好哪一只狗了？"

她咧嘴笑了笑。

噢，我的娘。那可一点儿都不可爱。

"二号，"她建议道，"桃色星期天。"

桃色星期天，桃色星期天？什么样的人会叫一条猎犬桃色星期天？他们应该和那些给狗起名字叫"你个混蛋"的人是一路货色吧。

"它能健步如飞吗？"我问。

"那是马，亲爱的。"克雷杜克夫人回答说。瞧瞧她多荒诞啊！她难道真的以为我会觉得自己是在赛马场吗？"快看，那就是桃色星期天。"

"噢，"鲁本问，"你肯定它能赢吗？"

"就像我坐在这里一样确定。"

"呃，她坐在这挺好的。"鲁本边走边用肘轻推了我一下，"克雷杜克夫人至少有三百磅吧。"

我们转过身，和她告别。

我说："再见，克雷杜克夫人。"

鲁本说："嗯，回头见！谢谢你的建议。"

环顾四周，没有发现那两个警察伙伴，我们只好找其他人帮忙下注。这并不难，马上就有人喊我们了。

"嘿，沃尔夫！"

是佩里·科尔，他正拿着他常喝的那种啤酒，冲着我们笑呢。"像你们这样有名气的年轻人在这里干什么呢？"

"随便玩，"鲁本回答道，"你能帮我们下注吗？"

"当然可以，乐意效劳。"

"第三跑道，二号。"

"好的。"

他帮我们下完注，我们在正面看台上找到一个有阳光的地方坐下。佩里坐在一大群人中间，向别人介绍着我们。他跟别人讲我们像黄金圣斗士一般勇猛（至少鲁本是这个样子的）。我俩打量着这些人，有长得很丑的伙计和女孩，当然也有漂亮的女孩。她们中有一个和我们年龄相仿，长得很可爱。整齐的黑色短发，蓝色的眼睛，苗条的身材。她很有礼貌，略带害羞地冲着我们微笑。

"她叫斯蒂芬妮。"佩里迅速地告诉我们她的名字。她的脸庞是棕褐色的，笑起来给人甜甜的感觉。她的脖颈细长而又光滑。她穿着淡蓝色的衬衫，旧牛仔裤，还戴着手镯。她也像我们一样穿着运动鞋。我观察着她的胳膊、手腕、双手，还有她的手指。它们那样娇柔、美丽、精致。她没有戴戒指，只戴了个手镯。

大家都在我们身后议论着。

那么，你住在哪里啊？我在心里默默地问道，但是并没有说出口。

"那么，你住在哪里啊？"鲁本问道，但是他的声音不同于我心里说话的声音。他就只是顺口问问，并不是在示好。

"格里比。"

"好地方啊。"

而我什么话也没说。

我只是看着她，看着她的嘴唇和她说话时露出的整齐洁白的牙齿，看着微风掠过她的秀发，吹过她的脖颈。我甚至能够看见空气进入她的嘴里，流入她的肺部，然后又被呼出来……

她和鲁本谈论着一些琐事，学校、家庭、朋友。他们最近看了什么乐队的表演——当然鲁本根本什么也没有看，他只是在乱编瞎话而已。

你问我在心里回答她的问题时说没说谎？

我没有，我绝对不会对她撒谎的。

我保证。

"快跑啊！"

人们大叫起来，赛狗已经被放出来，在跑道上狂奔起来了。

"快跑啊，桃色星期天！"

鲁本也站起来，和其他人一起叫喊着。

"跑啊，小桃子！快跑，孩子！"

鲁本在加油的时候，我一直在看着斯蒂芬妮。我根本就不关心桃色星期天，就算它领先了两个身长，我也毫不在意；就算鲁本激动地拍打我的后背，佩里兴奋地拍着我们俩的后背，我对它也毫无兴趣。

"克雷杜克夫人真是好样的，耶！"鲁本冲我喊道，我微微笑了笑。斯蒂芬妮也冲着我们笑了笑。我们赚了六十五块钱，这是我们在赛狗场第一次赢钱。佩里帮我们把钱领回来了。

我们决定继续在赛狗场上呆着，不再赌了，只是闲逛，看了一下午的比赛。我们一直呆到夕阳西下，影子变得又长又斜，最后一场比赛都结束了，观众已经散场离开。佩里邀请我们去他的住处玩，他喊道："去吧，我那儿有水果、饮料，还有所有你们需要的东西。"

"不了，谢谢。"鲁本说，"我们该回家了。"

这时，斯蒂芬妮正在和一个大一点儿的女孩说话，我猜那人是她的姐姐。她们交谈了一会儿，然后分开了，斯蒂芬妮自己一个人走了。

出大门的时候，我看见她，对鲁本说："我们为什么不顺道送她回去呢？这样可以确保她安全到家。你知道的，这附近总是有一些行动古怪的人。"

"我们必须得在天黑以前到家。"

"我知道，但是……"

"你想去就去吧，"他劝我说，"我会告诉妈妈，说你半路去同学家了，稍晚一点儿回来。"

我停了下来。

"快点儿，"他说，"赶紧作决定。"

我停了一会儿，走向一边，然后又走向另一边。我决定了。

我穿过街道，当我回头去看鲁本时，他已经不见了。我用目光到处搜寻，都没找到他。斯蒂芬妮走在前面，我便追上她。

"嘿。"说完这句话，我就什么话也说不出来了。快找点话说，我不断敦促自己，再说点什么吧。我终于开口了，"嘿，斯蒂芬妮，我们一起走吧？"我本想告诉她，我担心她的安全才陪她回家，可是我却并没有说出口。我觉得并不需要说这些，希望她自己能领会我的意思。

"好啊。"她回答，"但是，你家不是往这儿的方向啊？"

"啊，确实不是。"

天越来越黑了，我们没有交谈，默默走着。实际上，我不知道该说些什么，不知道可以说些什么。我只听见自己心跳的声音，怦怦怦。我们走得很慢，我不时扭头看着她，她也看了我几次。天啊，她太美了。在路灯灯光的映射下，她那天空般清澈的眼睛，短短的头发，棕褐色的皮肤，这一切都非常完美。

天有些冷了。

她一定觉得冷了。我把夹克脱下来，默默地递给她，没有说话，只是我的表情在请求她接受。她接受了，说了声："谢谢。"

在她家门口，她问："你要进来吗？可以进来喝点东西。"

"不用了，"我回答道，安静，又是一段尴尬的安静，我赶忙解释道，"我必须回家了，但愿我还能及时赶回去。"

她笑了。

她笑着把我的夹克脱下来。当她把衣服递给我的时候，我多么希望可以触摸到她的手指，亲吻她的手，甚至她的唇。但是，什么都没发生。

"谢谢。"她又说了一次，然后转身穿过前门，我就站在那里望着她。我呆呆地欣赏着她的一切，她的头发、脖颈和肩膀。她的后背、她的牛仔裤、她的腿，还有她走路的姿态。她的手、她的手镯和她的手指。然后她又笑了笑，说："嘿，卡梅隆。"

"嗯？"

"我想明天我还会见到你的。我想去仓库看你们的比赛，虽然我讨厌那种比赛，"她停了一会儿，"我也讨厌在赛狗场赌钱。我去那里，只是因为那些小狗很漂亮。"

我站在那儿。

纹丝不动。

我在想，沃尔夫能不能变得漂亮点呢？但是，我说的却是"那很好啊"。我们的眼神交汇在一起。

"是啊，"她说，"我会尽量去的。"

"好的。"

接着，她问道："嘿，出于好奇，"她若有所思，"鲁本真的像别人吹嘘得那么厉害吗？"

我点点头。

这是事实。

"是的，"我说，"他确实很厉害。"

"你呢？"

"我？我事实上没有那么……"

没等我把话说完，她又笑了，说："那么明天见吧！"

"好的，"我回答，"希望明天能够见到你。"

她终于转身走了进去。

我一个人在原地站了几秒钟，然后才起身回家。我奋力跑起来，喉咙里因为紧张而产生一股咸咸的味道。

沃尔夫能不能变得好看点呢？

沃尔夫能不能变得好看点呢？

我边跑边问自己。她的身影不断地闪现在我的脑海里。我想鲁本一定能，他在比赛的时候就是这个样子的，他潇洒倜傥，勇猛无敌，气场强大，那样令人震惊，他全身都散发着毁灭性的英俊气质。

我在吃晚饭的时间赶回了家。

她就在那里，就像坐在桌子旁一样。斯蒂芬妮，斯蒂芬妮。

天空般湛蓝的眼睛、温柔的手腕和纤纤玉指、飘动的黑色秀发，还有她对赛场上那些可爱狗狗的喜爱。

她明天会去赛场的。

她明天会去那里的。

她会去的。

她会的。

她。

我在开玩笑吧，是不是？

卡梅隆·沃尔夫。

卡梅隆·沃尔夫和一个对他只表露出一丁点儿兴趣的女孩。但是他已经爱上她了。他已经准备好要陷入爱河中，请求她，发誓要对她好，要给她所想要的一切。他已经准备好把自己的全部都献给她了。

他就是这样一个男孩，但是很显然，这种花痴态度将带给男孩隐隐约约的痛苦，而不是幸福。

也许一切会变得不一样？

会吗？可能吗？

我不知道。

我期待着，希望着，整晚都在想着这件事，躺在床上，我仿佛都觉得她就躺在我身旁。

房间的另一端，鲁本又在数他的钱。

他把钱放到身前，盯着它们，好像是要让自己相信某件事情似的。

我也盯着它们，很好奇他在看什么。

"看看这些钱吧，"他说，"这不只是三百五十块钱。"他盯得更紧了，"这是七场胜利。"

卡梅隆夜话

"嘿，鲁本？"

没有声音。

"嘿，鲁本？鲁本？"

今晚，在我的毯子下，就只有我和她。

画面一幕幕重放。

就在天花板上放映着，我心中充满了希望。

仿佛在黑暗中看见了未来即将发生的一个个片段。

我最后尝试了一遍：

"嘿，鲁本？鲁本？"

还是没有回答。

我只是希望明天，她会来看比赛，我可以发挥得更出色一些。

"但是她讨厌拳击比赛啊，"我告诉自己，"那她为什么还要来呢？"我心中的问题越来越多，"她真的是来看我的吗？"

到处都是我的幻觉。

却找不到我要的答案。

或许，答案就在黑夜的尽头。

鲁本说了一件非常奇怪的事情，直到后来我才明白他话里的意思。

他说:"你知道吗,卡姆隆,我想,与我得到的钱相比,我更喜欢你得到的钱。"

我依旧躺在床上,思索着却没有说话,只是静静地想着。

13

我的耻辱

　　我看见了斯蒂芬妮，她和其他人一起呐喊着。她笑得很美。但是我没有看见她的正脸，因为她不是对着我笑。

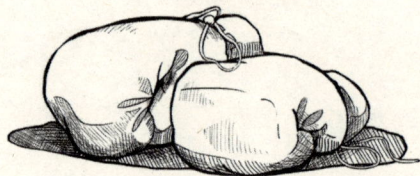

有时，我希望自己有一双更加出色、更加快速的拳头，更加迅捷的手臂，还有更强壮的肩膀。通常情况下，我都是躺在床上时会想这些事情，然而今天，我却是躲在衣帽间里等待上场的时候想起了这些。我不知道，我只是希望自己可以强大一点儿，再强大一点儿，我希望自己穿过欢呼的人群，登上拳击场取得胜利，而不仅仅是站住不倒下以此来博取观众的小费。

"卡梅隆。"

我希望我能够直视我的对手，告诉他我要杀了他。

"卡梅隆。"

我希望我可以站在对手旁边，告诉他快点站起来。

"卡梅隆。"

我终于听见了鲁本的声音。他拍了一下我的肩膀，打断了我的思绪。我依旧穿着那件夹克坐在那里打颤。我有一种要垮掉的感觉。我感觉拳击手套像有千斤重似的挂在我的手上，而我会被它拽着坠到地上，摔个粉身碎骨。

"你还想不想比赛了，你到底想怎么样？"鲁本摇着我问。

我想，她就在外面。第一次，我对哥哥实话实说了，轻轻地说："鲁本，她就在外面呢。"

他凑近一点儿看着我，很好奇我说的她是谁，"是她。"我继续说道。

"谁啊？"

"那个斯蒂芬妮，你还记得吗？"

"谁？"

哦，她就是我比赛的全部意义，我在内心对自己大声呼喊。

但是，我却很温柔地说："斯蒂芬妮——在赛狗场遇见的那个女孩。"

"那又怎么样呢？"他感觉很泄气，走过来把我拎起来，犹豫了一下，又重新放回椅子上，好像要把我扔到人群中似的。

"那就意味着全部啊。"我继续说，我感觉很空虚，浑身筋疲力尽，"我刚才向门外瞥了一眼，看见她了。"

鲁本走到一边，大声说道："噢，万能的上帝啊。"他不停地来回走动，最后终于恢复了平静，"赶紧出去吧。"

"好的。"但是我却没有动。

依旧很平静。"出去。"

"好的。"我知道我必须出去了。

我站起来，踢开门，走入人群。在我眼里，这里每一个人都有着相同的面孔。那就是她的面孔，斯蒂芬妮的脸。

一切都变得模糊。

一切都在骚动着。

还有佩里大喊的声音。

裁判说：

小伙子们，动作要干净。

公平竞争。

好的。

开始吧。

不要被打倒。

如果你被打倒了，站起来。

铃声，拳头，比赛。

比赛开始了，第一回合我感觉自己就像死掉了一样。

第二回合，我好像是已经被装进了棺材。

第三回合，可以说是我的葬礼了。

对手实力并不是很强大，但是我今天确实不在状态。我已经站不起来了。我太害怕失败了，但现在却不得不接受失败的事实。我已经认输了，或者说我根本就没有尝试站起来，那样只会让事情变得更糟而已。

"起来啊！"我第一次倒下的时候，鲁本大声地喊道。无论如何，我确实站起来了。

第二次，鲁本眼中的神情让我又一次站了起来。双腿隐隐作痛，我摇摇晃晃地站在那里，靠着绳索。要坚持住，坚持住。

第三次倒下的时候，我看见了她，我的眼里只有她，其他人统统都消失了，只有斯蒂芬妮站在那儿。整个赛场都变得很空旷，只剩下她一个人。她那双水汪汪的大眼睛，还有优雅的站姿，都让我心甘情愿地为她去拼搏。我努力地试图为了她而站起来。

"我去赛狗场，只是因为那些小狗都很可爱。"我听见她说。

我在想她在说什么奇怪的事情啊，然后我才意识到那是昨天听到的话了。今天，她只是静静地站在那里，一句话也没说，表情严肃地看着我。我挣扎着站了起来。

第四回合，我开始反击。

我的头被对手的拳头打得甩向一边，我回击几拳。我胸腔和胃里都充血了。血流了出来，浸湿了我的运动短裤。

狗的鲜血。

一只漂亮的狗吗？

谁知道呢，因为在第五回合，我已经被打晕了。这已经不是我第一次被击倒在地，但是这是唯一的一次，我彻底失去意识，全身冰冷。

在我晕倒的那一瞬间，她完全占据了我的意识。

我看见她，我们一起去赛狗场。只有我们站在那里，她亲了我。她慢慢地靠近我，这种感觉那么美好，我快受不了了。我一只手摸着她的脸，另一只手紧张地抓着她的衬衫领子。她的嘴唇吻上了我，手指缓缓而又轻柔地划过我的胸膛。她的嘴唇。

她的嘴唇。

我的体内，跳动的是她的脉搏。

那样优雅，那样温柔。

那样……

"轻点儿，"我听见了鲁本的声音，"不要碰他。"

该死的，我清醒过来了。

过了一会儿，我能站起来了。但是鲁本和巴姆博搀扶我起来的时候，我又摔在地上了，巴姆博是刚才跳进拳击场帮我们的那个人。"你还好吗，小伙子？"他问。

"还好，"我在撒谎，"我很好。"鲁本和巴姆博扶着我离开了赛场。

天更黑了，我的视线也模糊起来。当灯光聚焦在我身上的时候，我觉得很丢脸。但鲁本和巴姆博遮住了我的眼睛，我什么都看不到。

一走出赛场，我就停了下来，我不得不停下来。

"怎么了？"鲁本问我，"什么事？卡梅隆，我们要把你送回房间去。"

"不，"我说，"我自己走。"

鲁本看透了我的心思，他松开手，重重地向我点了点头。我也轻轻地向他点了点头。一股感动的暖流涌上心头，我开始自己走起来。

我们都向前走着。

鲁本和巴姆博走在我的两侧，人群很安静。身上的血液正在逐渐凝固，我的腿沉重地向前移动着。一步，又一步。我告诉自己，走下去。前进，前进，我低声唱着，但还是要注意着我的双脚。千万不要倒下啊。

没有掌声。

人们只是默默地看着。

只有，斯蒂芬妮还站在某处，静静地看着。

只有，鲁本走向我时，那自豪的眼神……

"开门。"他对佩里说，我们走到那里，佩里已经打开了门。我又摔倒了，我咽下口中的鲜血，翻过身来对着天花板笑了起来。我发现它掉了下来，把我身体压扁，然后又升上去，又掉下来，循环往复。

"鲁本，"我喊道，但是他在很远的地方，"鲁本……"我大声喊道，"鲁本，你在吗？"

"我在这儿，弟弟。"

弟弟。

我笑了笑。

我说："谢谢你，鲁本，谢谢。"

"没关系的，弟弟。"

又一声弟弟。

我又笑了。

"我赢了吗？"我问，因为我现在躺在地上，已经没有任何知觉了。

"没有，伙伴。"他没有撒谎。"你伤得很重。"

"是吗？"

"是的。"

我慢慢恢复了平静，简单地用毛巾擦了一下脸上的血渍，然后透过门缝观看鲁本的比赛。我不在的时候，巴姆博就坐在角落里，因为我哥哥根本不需要他。我看见了斯蒂芬妮，她和其他人一起呐喊着。鲁本在第二回合就把对手打倒在地。我看见她笑得很美。但是我没有看见她的正脸，因为她不是对着我笑。我陶醉在那双眼睛里，迷失在那一片天空里。然后，我突然想起，她并不喜欢打架的……

过了一会儿，比赛就结束了。

两分钟之后，那个女孩也停止了观看。

当鲁本经过她身边的时候，她跟他说了些什么，鲁本点点头，这让我很好奇。她是在问卡梅隆怎么样了吗？她想来看看我吗？

　　我敢说不会是这样的，她不是来看我的。

　　或者他们会一起来？

　　我马上就知道了，因为下一场比赛开始的时候，鲁本从后门出去了。我能听见他在和她讲话，他在和斯蒂芬妮谈话。

　　我慢慢地靠近，再靠近，我控制不了自己，我想知道他们在说些什么，我听见鲁本先开口说话："你想看看我弟弟怎么样，是不是？"

　　短暂的安静。

　　"嗯，是不是？"

　　"他还好吗？"

　　她的声音包围了我，我沉浸在她的声音里，可是鲁本已经明白了，他残酷地说："你根本不在意我弟弟的死活，是不是？"

　　"当然不是，我在意！"

　　"你不在意。"鲁本语气坚定地说，"你是为了看我才来的，是不是？"停顿了一下继续问道，"是不是？"

　　"不，我……"

　　"你知道吗，那些聪明的女孩是不会出现在这里的。她们不会因为我很强壮，很能打，很优秀，就跟我待在后门这里，靠在墙上就开始脱衣服！"他非常生气，"绝不会的，聪明的女孩只会待在家里，等待一个像卡梅隆这样的男人，她们渴望得到我弟弟这样的人！"

　　斯蒂芬妮的声音伤害了我。

　　"可是，卡梅隆是个失败者。"

　　她的回答让我更受伤。

"是的，但是，"鲁本继续说，"你知道吗？卡梅隆是失败了，但是他会在昨晚送你回家，而我根本就不在意你的安危。你是被人打了，还是被强奸了，我都不在意。"我能感觉到他的话击中了她的要害。"我弟弟拼命地讨好你，"他把她逼到角落里，"他以后也会那样做的，你知道的。他是为了你而比赛，为了你而受伤。他在意你，尊敬你，他非常爱你。你知道吗？"

悄无声息的寂静。

鲁本、斯蒂芬妮、门，还有我，都杵在那里。

"所以，如果你想和我在这干点什么，"鲁本推了她一下，"那么咱们就走吧。你只配得上像我这种人，你不值得他那样对待你，你根本配不上我弟弟……"

他说完了那些令人伤心的话，我能够感觉到他们就站在那里。我能够想象当时的画面，鲁本看着她，斯蒂芬妮看着其他的地方，不敢正视鲁本。很快，我听到了她离开的脚步声，以及，好像是什么东西摔碎的声音。

鲁本一个人，站在门的那一侧。

我在门的这一侧。

他自言自语道："总是为了我。"沉默了一会儿，"为了我什么呢？我甚至都不是……"他的声音渐渐变小了。

我打开门，看见了他。

我走出去，和他一起靠在墙上。

其实我应该讨厌他或者嫉妒他，因为斯蒂芬妮喜欢他而不是我。我痛苦地回忆着昨晚她问我的问题。

"鲁本真的像别人吹嘘的那么厉害吗？"她问。而我居然没有发觉任何异常。现在我只希望我当时能够给她一个不同的答案，我应该说："我不知道他到底是不是一个好拳手——但是，我知道，他一定是一个好哥哥。"

那是我应该说的。

卡梅隆夜话

"嗨，鲁本。"

"嗨，卡梅隆。"

我们靠在墙上，看着累了一天的太阳带着满身的伤痛慢慢地滑向地平线，地平线也准备好了用自己宽敞的胸怀接纳它，整座城市即将被黑暗所吞没，包括我和哥哥。

我们开始了对话。

我先开口。

我问："你真的认为外面会有女孩像你说的那样吗？在等着我吗？"

"也许吧。"

夕阳的余晖染红了远处的天空，像拳击台上喷洒的鲜血，我静静地看着它。

"真的吗，鲁本？"我问，"你真这么认为？"

"一定会有的……你或许很卑微，水平很低，通常也不会打胜仗，但是……"

他没有说完，他只是出神地望着城市的灯火次第亮起来，我还在猜测他会说些什么。我希望是一些，像"但是你很慷慨"或者是"但是你很绅士"之类的。

但是，他什么也没说。

或许，沉默就代表了一切。

14

爸爸去领救济金

但是，你不能这么做。

因为你不想让他们失望。

你根本无法面对懦弱的自己，根本不敢向他们解释，你根本不值得他们信任。

你接受不了那么卑劣的自己。

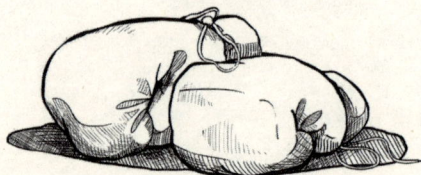

有时，你愿意静静地靠在墙上，欣赏夕阳西下。即使感受到了血腥的味道，却依旧不愿挪动脚步。就像我说的，你只是让沉默代替了一切语言。然后，回到自己的世界中。

"这是二十元的小费。"在一切都结束了之后，佩里递给我一个袋子，告诉我。

"哈，"我说，"这么点可怜的钱。"

"不能这么说。"佩里警告我，他看起来总像是在警告你什么似的。这一次，他告诉我闭嘴，然后开始赞扬我。

"这是值得自豪的钱，"巴姆博说，"像你那样走过人群，比我的胜利，比鲁本的胜利，甚至比所有的胜利加起来，都更值得赞赏。

我接过钱，说："谢谢你，佩里。"

"你还有四场比赛，"他告诉我说，"然后你的赛季就结束了，好吧？我觉得你应该休息一下。"他给我和鲁本看了一张赛事对抗图，他指着鲁本的位置，说："看，你虽然少参加三场比赛，却依旧排名第一。你是唯一保持全胜的人。"

鲁本指着排在第二位的那个名字，问："这个'职业杀手'哈里·琼斯是谁？"

"你下周的对手就是他。"

"他很厉害吗？"

"你会轻易打败他的。"

"哦？"

"看吧，他已经输过两场了，其中有一场的对手就是昨晚和你比赛的那个家伙。"

"真的吗？"

"当然是真的。如果不是真的，你觉得我有必要说吗？"

"没有必要。"

"那就闭嘴吧。"佩里笑了，"四周之后是半决赛。"他马上收敛了笑容，很严肃地说，"但是……"

"怎么了？"鲁本问，"什么事？"

佩里把我俩拽到一旁，慢慢地、诚恳地说，我从来没有听到过他用这样的口气讲话，"这儿有一个小问题——在常规赛的最后一周。"

我和鲁本都仔细地看着流程图。

"看见了吗？"佩里指着第十四周，"我想我有点儿混乱了。"

我看见了。

鲁本也看见了。

"哦，天啊！"我叫道。因为在十四周的那页纸上写的是轻量级的比赛，上面写着沃尔夫对战沃尔夫。

佩里说："对不起，小伙子们，但是我也无能为力。总会发生一些兄弟之间的比赛，而且我相信半决赛前的这一周会很难忘。"他依旧说得很真诚，尽管在谈论公事，"记得吧，我之前说过会有这种可能性的，你们都说没关系的。"

"难道你就不能避免这种事儿发生吗？"鲁本问，"你不能改一下赛程吗？"

"不能，当然，其实我也不想改。现在唯一值得高兴的是，这场比赛会在咱们的地盘举行。"

鲁本耸耸肩。"呃，很公平。"哥哥看看我，问道，"你有什么问题吗，卡梅隆？"

"没有。"

"好。"佩里结束了他的谈话，"我就知道我可以信赖你们。"

所有东西都收拾好之后，佩里让我们像往常一样搭便车回家。他的声音还是不断地盘旋在我的脑海里，我幻想着自己已经被打得不成样子了。

"不，"鲁本告诉他说，"今晚不搭车了，我想走着回去。"他询问我的意见，"行不行，卡梅隆？"

"好啊，为什么不呢。"虽然我心里想着，你今天疯了吗？我的脑袋简直就像一团浆糊，想不明白。但是我什么也没说，我想今晚和鲁本一起走回家会很开心的。

"别担心。"佩里阐述着他的观点，"下周见，孩子们！"

"当然不用担心。"

我们拿着衣服从后门走出去，今晚已经没有人等在那里了。没有斯蒂芬妮，也没有任何人。只有这个城市和城市上方空旷的天空，只有渐渐暗淡下来的夜空中点缀的几朵云彩。

回到家中，我还得小心隐藏着自己被打肿的脸不让家人发现，发青的眼圈、肿起的颧骨，还有已经裂开了的、还在淌血的嘴唇。

我躲在休息室的角落里喝豌豆汤。

时间一天天过去了。

鲁本的脾气变得更加暴躁。

爸爸还是像往常一样到处找工作。

莎拉每天都去工作，偶尔去她的朋友凯莉家一两次。周三，她酒醒之后回到家，夹克口袋里塞满了加班的工资。

史蒂夫来过一次，来熨烫一些衬衫。

"你没有熨斗吗？"鲁本问他。

"怎么问这个问题？"

"看起来，你好像没有熨斗。"

"啊，你猜对了——我真的没有。"

"嗯，或许你可以去买一个，你太小气了。"

"孩子，你说谁吝啬呢？你怎么不去刮刮胡子呢……"

"你难道买不起熨斗吗？这种东西并不是太贵。"

"你说得太对了！它不贵。"

事情就是这样，尽管鲁本和史蒂夫在争论，但他们通常都会大笑不已。听完他们低级幼稚的争吵，莎拉的笑声从厨房里传了出来，我自己也在嘿嘿地傻笑。瞧，这就是我们擅长做的事情。

沃尔夫夫人今天不上班。

这就意味着，她有时间注意我脸上那些正在愈合的伤口了。那天下午，我正吃着玉米片，她把我叫到厨房的角落里，很认真地瞅着我。

她喊了一声。

只有一个词。

那就是：

"鲁本！"

声音不大，也没有丝毫惊慌，但充满了自信，似乎认定事情就是鲁本干的，希望他快点儿出现在她面前。

她问："你们又去练习拳击了？"

鲁本坐下去，说："没有。"

"那你们兄弟又在后院打架了？"

他睁眼说瞎话。

"是的，"他安静地说，"确实是。"

她只是叹了口气，便相信了我们，这令我心里很不好受。当你觉得别人不该相信你的时候，他们却选择信任你，这实在太糟糕了。你真想冲他们大喊大叫，告诉他们不要这么轻易相信你，这样你才能安心一点儿。

但是，你不能这么做。

因为你不想让他们失望。

你根本无法面对懦弱的自己，根本不敢向他们解释，你根本不值得他们的信任。

你接受不了那么卑劣的自己。

事实上，我们确实在院子里打了一架，虽然那只是为了真正的比赛训练而已。我觉得鲁本也没有完全在撒谎，只能说他没有说出全部的事实而已。

真实和谎言之间本来就隔一层窗户纸，一捅即破。

我能感觉到。

我差点儿就全盘托出了。佩里、拳击赛、钱，所有的事。现在唯一可以阻止我这样做的是我哥哥低下的头。看着他，我知道他正想着别的事情，正在自我挣扎，但我却琢磨不透他在想着什么。

"对不起，妈妈。"

"对不起，妈妈。"

对不起，沃尔夫夫人。

为所有的事情感到抱歉。

我们终有一天会让你感到自豪的。

我们一定会的。

我们必须这么做。

"你们知道的，"她开始说，"你们兄弟应当彼此相互照顾。"她的建议让我意识到，谎言最大的讽刺便在于我们其实正在照顾彼此。只是最后，我们会让她感到失望，那才真正让我们感到受伤。

"找工作有什么进展吗？"史蒂夫问爸爸，我听见他们在休息室的对话。

"没有，事实上一点儿也没有。"

我预计他们会像平常一样继续讨论关于救济金的问题，但是他们没有。史蒂夫就让这个话题过去了，因为现在他已经不住在家里了。他的表情一成不变。然后他便向我们告别了，我能从他的表情中看出，他在想着，这些事情绝对不会发生在他身上，也绝不会让这种事情发生。

星期五，看上去只是很平常的早晨，结果，却变得很不一样。

我和鲁本出去跑步，回来时已经将近七点了。和往常一样，我们穿着旧毛衫、运动裤和运动鞋。天空呈现出明亮的蔚蓝色，鹅卵石般的云朵徜徉在天空蓝色的臂弯中。我们在大门口遇到莎拉，她问："你们出去的时候看见爸爸了吗？他不见了。"

"没有啊，"我回答说，没觉得有什么异常，"爸爸最近总出去散步。"

"没有这么早出去过。"

妈妈出来了。

"他的西服不见了。"她说。我们马上明白了。他去那里了，他去领救济金了。

"不会的。"

有人说。

再一次。

还抱着一丝希望觉得这不是真的。

"不可能。"我忽然发现，刚才说话的人是我，因为早晨温度较低，呼吸带出的一团团白雾和话语一同从我嘴里冒出来，以至于我没有注意到是我在说话。"我们不能让他去。"不是因为我们为他感到羞愧，我们不会的。而是因为我们知道他已经因为这件事思想斗争很长时间，我们知道只有当他彻底绝望并放弃尊严的时候，他才会去领救济金。

"快走。"

现在说话的是鲁本，他拽着我的袖子。他跟妈妈和莎拉说我们马上就会回来，然后我们就匆匆离开了。

"我们要去哪里啊？"我气喘吁吁地问，但是当我们跑到史蒂夫的门口时，我才知道答案。我们已经跑得上气不接下气了，我们站在那里强打精神，然后大声喊道：

"嘿，史蒂夫！史蒂夫·沃尔夫！"

有人大叫着，让我们闭嘴，但是很快，史蒂夫就穿着内衣出现在公寓的阳台上。他的表情似乎在说，你们两个混蛋。然而，他说道："是你们两个家伙啊。"然后很不满地喊道，"你们在这里干什么呢？现在才早上七点钟！"

一个邻居也大叫道："该死的，外面究竟在干什么呢？"

"什么事？"史蒂夫询问道。

"是，"鲁本结结巴巴地说道，"是爸爸。"

"他怎么了？"

"他……"该死的，我居然还气喘吁吁的，"他去，"我的声音颤抖着，"去领救济金了。"

史蒂夫松了一口气，显得很宽慰，"这是早晚的事。"

可是，他看出我和鲁本正在凝视着他，我们恳求他，我们哭丧着脸，哀求他的帮助。我们急得都快哭出来了，我们大叫着我们需要每个人，我们需要——"啊，该死的！"史蒂夫吐出一句话。一分钟后，他便穿着足球训练服和名牌运动鞋，和我们一起往家跑。

"你们就不能跑得快点儿吗？"他在路上抱怨道，这只是在报复我们。因为我们把他从被窝里拉起来，还让他在那么多邻居面前难堪。

我和鲁本就这样一直跑着。回到住处的时候，妈妈和莎拉已经穿好了衣服。她们已经准备好了，我们都准备好了，我们一起出发了。

大约过了十五分钟，我们就看见就业服务中心了。门口坐着一个男人，那是我们的爸爸。他没有看见我们，但是我们一起走向他，神情各不相同。

沃尔夫夫人的脸上充满了骄傲。

莎拉的眼睛噙着泪水。

史蒂夫看着爸爸，终于，他意识到了他是那样的倔强。

鲁本走过去用力地抓住他。

我站在原地看着爸爸，他一个人坐在那里，感受他内心的挫败感。他黑色的西服裤刚到脚踝处，显得有点儿短了，露出裤子下的足球袜。

我们走过去，他抬头看着我们。爸爸仪表堂堂，即使是在今天早上，即使他失败了、他破产了，看上去还很不错。

"我想我今天来早了，"他说，"现在刚到我开始工作的时间。"

我们所有人都站在他周围。

最后，史蒂夫说话了："嗨，爸爸。"

爸爸笑了笑："嗨，史蒂夫。"

这就是全部，没有更多的言语，并不像你们想象的那样，这就是全部。除了我们都知道，我们绝不会让他那样做的，爸爸也知道。

我们回去的时候，鲁本突然停了下来。

我和他一起，我们目送其他人远去。

鲁本说："看啊，顽强拼搏的克利福德·沃尔夫。"他指着远方说，"那是勤奋的沃尔夫夫人，还有莎拉·沃尔夫。这些天，甚至连史蒂夫都在奋斗。还有你，努力战斗的卡梅隆·沃尔夫。"

"那么你呢？"我问哥哥。

"我？"他感到疑惑，别人也这样评价他，但是他自己却不知道。

他看着我，说出了心里话："我甚至有些担心自己，卡梅隆。"

"担心什么？"

他会害怕什么呢？

"如果输了比赛，我该怎么办？"

我猜，他害怕失败。

鲁本想成为胜利者。

他不想失败。

他想成为一名斗士。

和我们一样的一名斗士。

去为一场不知道输赢的比赛而战斗。

我回答了他的问题，让他安心。

"不管怎样，你都会战斗到底的。我们全家都一样。"

"你真的觉得我会战斗到底吗？"

其实我们俩都不知道答案，因为如果一场比赛，从一开始你就知道自己一定会赢，那么这场比赛便会变得毫无价值可言。正是比赛中存在着不确定性的输赢，在真正考验我们。也是这种不确定性，才会让我们学会反思。

鲁本还没有参加过一场真正意义的比赛。

"当这一天到来的时候，我能站起来吗？"他问。

"我不知道。"我坦率地说。

他宁可丢下沃尔夫的包袱，做一千次真正的斗士，也不愿做一次世界冠军。

"告诉我，我该怎么做，"他恳求道，"告诉我。"

但是我们都知道有些事情是只可意会不可言传的。

一个拳击手能够成为胜利者，但是这并不意味着一个胜利者就是一个真正的拳击手。

卡梅隆夜话

"嘿，鲁本。"

"嗯。"

"你为什么总是获胜，却还不高兴呢？"

"什么？"

"你听见我说什么了的。"

"我也不知道。"他继续说道，"实际上，我知道。"

"嗯？"

"嗯，首先，作为沃尔夫家族的一员，你就要有能力去比赛。其次，你的胜利总有到头的时候，终究会有人打败你的。"他深深地吸了一口气，"另一方面，如果你学会了怎样去比赛，你就可以一直比下去，即使被打败了也无所谓。"

"除非你放弃。"

"是的，但是任何人都可以阻止你获胜，却只有你自己能决定是否放弃。"

"我也这么认为。"

15

地下室谈话

　　我突然明白了，我们想成为别人的骄傲，哪怕只有一次也好。我们想努力拼搏，克服一切困难。我们想从挫折中站起来，想把这些挫折放到嘴里慢慢品尝，永远记得它的味道，因为挫折使我们变得更强大。

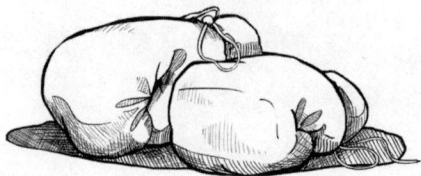

如前所言，距离我和哥哥的比赛只有四周时间了。迎战鲁本·沃尔夫，我很好奇这会是一场怎样的比赛，到时会感觉如何。和他比赛会是什么样呢——这不是一场在我们家后院的比赛，而是在拳击场上，在闪光灯下，在观众的喝彩声中，在大家的期待中。我想时间会说明一切的，或者至少接下来我要写下的这些文字可以告诉你答案。

爸爸一个人坐在厨房的桌子旁，但是现在他看上去并不是十分沮丧，好像又恢复了斗志。他就像在悬崖边徘徊了一圈，不过还好，他回来了。我想只有当你放弃尊严的时候，哪怕只有一刹那，你才会意识到它对你有多么重要。他的目光又恢复了往常的坚定。他的卷发盘旋在眉毛上方。

鲁本最近一直都很安静。

他在地下室里消磨了不少时间，就是史蒂夫搬走后腾出来的那个屋子。后来，妈妈提议任何人都可以把它当作自己的卧室，但是没人真正想要。我们说那底下太冷了，但是实际上，我认为主要原因是大家都不想再分开。自从史蒂夫走后，我就产生了一个强烈的愿望，住在这座房子里姓沃尔夫的人们都应该团结起来，不离不弃。当然，我不会大声地把这种想法表达出来。我绝不会向鲁本承认我不想要地下室，因为我觉得离开鲁本自己住会孤单。抑或承认，我怀念我们之间的对话，以及他打扰我的那种方式。或者，听上去有些不雅，我甚至舍不得他臭袜子的味道和他睡觉时的鼾声。

就在昨晚，我还差点弄醒他，因为他的鼾声已经毫无疑问地严重影响了我的健康。我说的没错，他剥夺了我睡觉的权利。真希望它能够像钟摆一样，把我慢慢地带入梦乡。要是鲁本的鼾声对我有催眠作用就好了。我知道，这是不可能的，但是当你习惯一些事情之后，你会发现，一旦离开它们你就会觉得很异常，就像变得不是自己似的。

不管怎样，最后沃尔夫夫人接管了那个地下室。她把下面当成一个小办公室，在那记账。

但是周六早上我却发现鲁本待在地下室里。他坐在桌子上，把脚放在椅子上面。那是他和"杀手"哈里·琼斯比赛前的晚上。我把椅子从他脚下抽了出来，自己坐在上面。

"你非要坐在那吗？"他瞪着我说。

"是的，这把椅子很不错。"

"看我的脚，"他继续说道，"因为你，它们只能悬在半空。"

"啊，你这个可怜的小子。"

"被你言中了。"

我发誓。

我们是兄弟。

但我们却以奇怪的方式表达感情。

在这个世界上，我知道鲁本不会只为我付出一点点，他会给予我全部，他会拼死保护我。可怕的是，我也是这样的。我们似乎都是这样的。

过了一会儿，我和鲁本开始聊天了，但是都没有看着对方。就我个人而言，我看着墙上的斑点，好奇那是什么东西，那到底是什么东西啊？鲁本呢，我能感觉到他把腿放到桌子上，下巴顶在膝盖上。我想他的眼睛应该直直地望着前面那些旧水泥楼梯。

"'杀手'哈里。"我开始说话了。

"嗯。"

"你觉得他厉害吗？"

"也许吧。"

鲁本突然说："我要告诉他们了。"

对他所说的话，我没有过多考虑，也没有什么反应。他要说的这些话不是突发奇想，而是经过深思熟虑的，这应该是他很久之前就想过的。

问题是，我根本不知道他说的是什么。

"告诉谁，告诉什么？"我问。

"你就那么迟钝吗？"他转向我，一副很粗鲁的样子，"告诉爸爸和妈妈呗，你这个小流氓。"

"我才不是流氓呢。"

我讨厌他这样叫我，讨厌他叫我流氓。甚至和笨蛋相比，我都更讨厌流氓这个词。它让我感觉自己就像是挺着个啤酒肚，喝着酒，吃着馅饼的游手好闲的小青年。

"不管怎样，"他不耐烦地说，"我要告诉爸爸和妈妈拳击比赛的事情，我已经厌烦不断地撒谎了。"

我停了下来。

脑袋里仔细地考虑着这件事。

"你打算什么时候告诉他们？"

"就在你和我比赛之前。"

"你疯了吗？"

"我说了，有什么问题吗？"

"他们一定会阻止我们的比赛，那样佩里会杀了我们。"

"不，他们不会的。"他胸有成竹地说，"只要我们保证，这是我们最后一次互相打架，应该就可以了。"这就是鲁本想要的真正的比赛吗？告诉爸爸妈妈？告诉他们真相？无论如何，他们阻止不了我们，索性就让他们看看真正的我们。

真正的我们。

我在脑海里不断重复着这句话。

真正的我们是什么样子……

"真正的我们到底是什么样子呢？"

一阵沉默。

我们到底是什么样子呢？

我们到底会是什么样子呢？

奇怪的是，就在不久前，我们很明确地知道我们是什么样子的。这并不是问题，问题是我们是谁。我们是破坏者，是院子里的战士，也仅仅只是大男孩。我们知道那样的词汇意味着什么，但是鲁本和卡梅隆·沃尔夫这两个名字却是个谜。我们不知道以后我们会变成什么样子。

或许那些想法是不对的。

或许你是个什么样的人就意味着你会怎样。

我不知道。

我突然明白了，我们想成为别人的骄傲，哪怕只有一次也好。我们想努力拼搏，克服一切困难。我们想从挫折中站起来，想把这些挫折放到嘴里慢慢品尝，永远记得它的味道，因为挫折使我们变得更强大。

鲁本打断了我的思路。

他的回答清除了我的疑惑。

他重复了一遍，然后给出了答案。"我们会怎么样？"他笑了一下，"谁知道他们会怎么认为呢，但是如果他们来看我们比赛了，至少他们会知道，我们是好兄弟。"

就是这样！

这就是答案——至少，这是我唯一可以确定的答案。

好兄弟。

它包含着所有美好的事情，当然也包含了所有不好的事情。

我点点头。

"所以，我们就要把这件事告诉他们了？"我能感觉到他正在看着我。

"是的。"

我们达成了一致，我必须承认，我自己早就有这个想法了。我甚至想要马上跑出去，告诉所有人。我有一种想把这些秘密都说出来的冲动。然而，我也一心一意地想要打好后面的每一场比赛。我自己还有三场比赛要打，我还必须看鲁本比赛，研究他对手的出拳方式。我绝对不能犯和他对手同样的错误。为了鲁本好，我必须要这样坚持下去，我要给他一场真正的比赛，而不仅仅是一场简单的胜利。

令我自己也感到惊讶的是，我居然赢了我的下一场比赛，以点数取胜。

紧接着，鲁本在第四回合就把那个号称"职业杀手"的哈里打倒在地。

接下来那周的比赛，我在第五回合落败。但是我赢了和鲁本比赛前的最后一场比赛。比赛是在马鲁巴进行的，和我在那里参加的第一场比赛相比，这一次我走进赛场，每一拳都打得毫不迟疑。也许，我已经慢慢习惯了这一切；也许，是因为我知道离结束已经不远了。最后一个回合，我的对手连出场的机会都没有。他已经站不稳了，我很能理解他的感受。我了解那种已经不想参加最后一回合比赛的感受，我了解那种全部精力只能放在怎样让自己保持站着不摔倒，根本没法考虑怎么出拳的感受。我也了解那种内心的恐惧已经超出了肉体上的疼痛的感受。

随后，我在鲁本的比赛中，发现了一些事情。

我明白，为什么没有人能够打败他，为什么他们甚至都没法靠近他，这是因为他们根本就没想过他们会赢，他们根本就不相信他们能做到，他们根本就没有强烈的获胜欲望。

如果想要打败他，我就必须先要相信自己可以打败他。

当然，说起来容易做起来难。

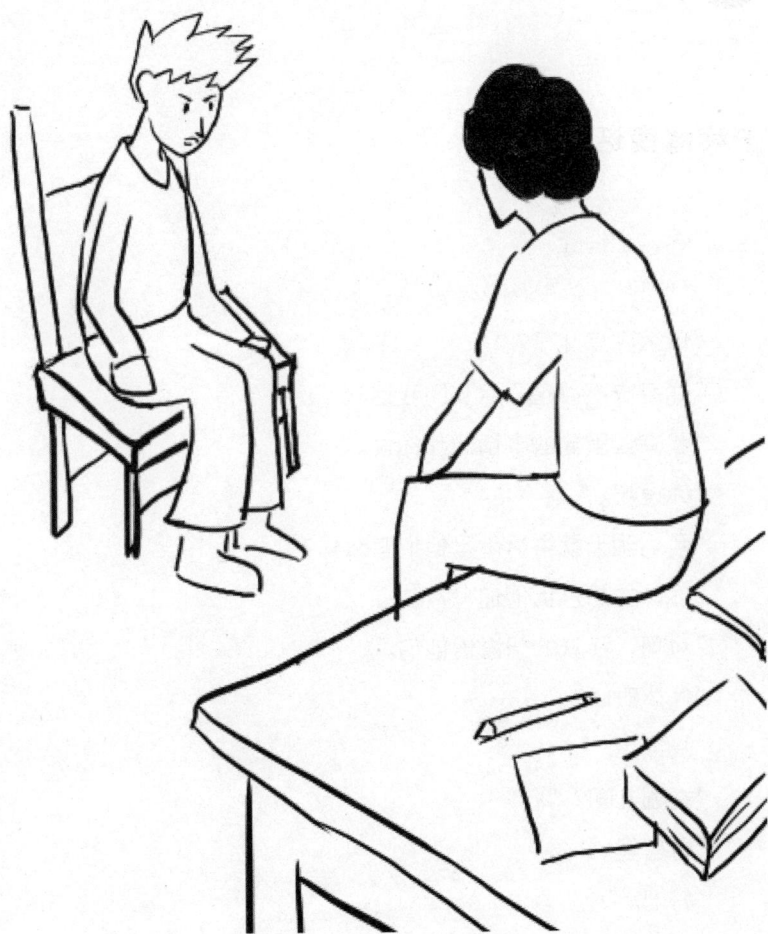

卡梅隆夜话

"嘿，卡梅隆？"

"到点儿了。"

"什么到点儿了？"

"你每次不都这个点儿问我话吗？。"

"我有很重要的事情想和你说。"

"你说吧。"

"我们明天就告诉爸妈他们怎么样？"

"你真的想告诉他们吗？"

"对啊，我真的想告诉他们。"

"什么时候？"

"晚饭后。"

"在哪儿啊？"

"厨房里。"

"好吧。"

"好的。那么没事了，闭嘴吧。我要睡觉了。"

过了一会儿，他的鼾声又响起来了。

16

荣誉之战

　　他正站在那儿，就站在我面前，脸上还微微闪着光。他是沃尔夫，我也是沃尔夫。我从来都不会告诉哥哥，我有多爱他，他也从来不会对我这样说。

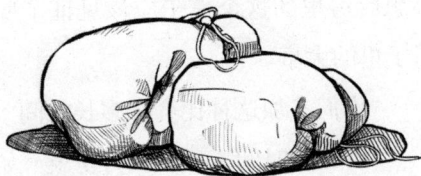

我告诉他："我会打败你的。"但是实际上，我自己都不是很有信心。

晚饭后，我们都待在厨房里，盯着桌子上的那些钱。爸爸、妈妈、莎拉、鲁本还有我。所有的东西都在那儿放着，钞票、硬币，还有我们比赛抽的签，妈妈小心翼翼地举起放着鲁本积攒下来的那些钱的信封，想看看到底有多少。

"一共大约有八百块，"鲁本告诉她，"这是我和卡梅隆之间的秘密。"

妈妈有些提心吊胆的，对于她来说，周四晚上本不该是这样。她站起来，向水槽走去。

"我有点儿不舒服。"她弯下身子。

爸爸站起来，走过去，抱住她。

大约沉默了十分钟，他们重新回到桌子旁边。我看着桌子，心想厨房里的这个桌子应该见证了所有的事情，所有发生在这个屋子里的大事。

"你们参加这种比赛有多长时间了？"爸爸问我们。

"有一段时间了，从六月份就开始了。"

"是这样吗，卡梅隆？"妈妈问。

"是的，是这样的。"我甚至不敢直视她的眼睛。

　　沃尔夫夫人看着我，问道："那么，这就是你身上经常伤痕累累的原因吧？"

　　我点点头，"是的。"我继续说道，"我们确实是在后院打过架，但那只是为了练习。我们刚开始的时候，只是告诉自己，我们需要那些钱……"

　　"但是，后来呢？"

　　"但是后来，我从来就没觉得是因为钱的问题我们才这样做的。"

　　鲁本表示赞同，他接着说："你知道的，妈妈，我和卡姆隆目睹了家里发生的一切。我们看见了那些发生在我们身上、爸爸身上、你身上，还有莎拉身上，那些降临在我们所有人身上的事情。我们勉强维持着生计，过着贫苦的生活，还有……"他越说越兴奋，不顾一切地想要说出心中的想法，"我们想要做点儿什么，可以养活我们，可以让我们的生活变回原来的样子……"

　　"甚至不惜让我们其他人感到羞愧？"妈妈打断他，说道。

　　"羞愧？"鲁本看着她的眼睛说，"如果你看到卡梅隆比赛的场景，看到他一次又一次地站起来的时候，你就不会这么说了。"他几乎要喊了出来，"你一定会感到骄傲的。你一定会告诉所有的人，他是你的孩子，他能够那么顽强地坚持下去，是归功于你的辛勤教育。"

　　妈妈停了下来。

　　她凝视着桌子。

　　她想象着发生过的一切，但是她能够感觉到的似乎只有伤痛。

　　"你是怎么挺过来的？"她心疼地看着我，"你是怎么做到的，怎么做到一周又一周地坚持下来？"

"妈妈，你是怎么做到的？"我问她。

这句话确实起了作用。

"爸爸，你又是怎么做到的呢？"我转向爸爸。

答案是这样的：

我们之所以能够不断地站起来，是因为我们需要这样做。不要问我，这是不是我们的本能，但是我们都在跌倒的时候爬起来了。世界上很多人都是这样子的，特别是像我们这样的人，跌倒后一定要爬起来。

谈话快要结束的时候，我知道鲁本要抛出重磅炸弹了，他果然这么做了。他说道："这周卡梅隆将参加最后一场比赛，"他深吸一口气，"现在的问题是，"——他停顿了一下——"比赛对手是我，我们俩将会在周六比赛。"

沉默。

彻底的沉默。

说实话，一切看上去还很平静。

只有莎拉觉得很害怕。

鲁本继续说道："之后我们就要半决赛了，最多还有三周这个赛季就全部结束了。"

现在，爸爸妈妈似乎已经能承受这些事情了。我问自己，他们在想什么呢？我主要是担心他们会觉得自己作为父母很失败，但事实上并非如此。他们不应受到任何责备，因为这是我和鲁本自己决定做的事情。如果我们成功了，那是属于我们的。如果我们失败了，那也需要由我们自己承担。他们没有任何责任，不管从哪一方面来讲，他们都是没有责任的。我们不希望爸妈为此而自责，那是我们所不能容忍的。

我紧挨着妈妈蹲下去，抱着她，说："对不起，妈妈，对不起。"

这样会有用吗？

这样就会让她理解我们，原谅我们吗？

"我们保证，"鲁本依旧在尝试，"这是我和卡姆隆最后一次打架。"

"天啊，听上去真让人感到欣慰啊。"莎拉终于说话了，"人要是都已经死了，你当然没法和他打架了。"

每个人都看着莎拉，听着她的话，但是却没有人说话。

一切都结束了。

空气中凝结着一种紧张的气氛，最后只剩下我和鲁本还坐在那里，其他人都离开了。莎拉最先走出去，然后爸爸跟了出去，最后沃尔夫夫人也离开了。现在，我们都在等待着比赛。

接下来的几天，我仍然努力地让自己相信我可以打败鲁本，我不能放弃这种信念。最后，我觉得为了生存我也要打败他。

周六晚上，爸爸妈妈和我们一起出发去仓库。爸爸把我们全塞在他的敞篷小货车里，我挤在后面。

车缓缓地出发了。

我开始冒汗。

我感到很害怕。

对于比赛。

对于我哥哥。

也是为了我哥哥——为了他能够有一场真正的比赛。

途中没人说话，所有人都很默契地保持着沉默。直到到达仓库，下车的时候，爸爸才说："别伤害对方。"

"我们不会的。"

休息室里，一切都准备就绪。佩里坐在鲁本边上，而巴姆博坐在我这边。

今天现场来了很多观众。

当我走进专门为比赛选手准备的换衣间时，我听见外面嘈杂的声音，看见外面的观众。我没有刻意地寻找爸爸和妈妈，我知道他们一定在外面。我现在必须专注于我要做的事情。

我在肮脏的休息室里，其他选手来回地走动，我也走来走去，感到既紧张又激动。这将是我人生中最伟大的一场比赛。

我要和哥哥比赛。

我也是为他而战。

有那么几分钟，我几乎失去了与其他所有人的感应。我躺在地上，闭着眼睛，胳膊放在两侧，手套放在大腿上。我看不见任何人，也听不见任何声音。我脑海里一片空白，紧张的情绪一直困扰着我，挤压着我的身体，恐惧像海浪一样颠簸着我……

我要胜利，我告诉自己，我比他更加渴望胜利。

我幻想着。

比赛的情景不断在我脑海里闪现。

我知道鲁本想打败我。

我想打败他。

我看见自己快速躲闪，又反击了一拳。

还有——

我看见自己站到了最后，站到了一场真正比赛的最后。这不仅仅是一场胜利，或者失败，而是一场真正的比赛。我看到了鲁本。

我比他更加渴望胜利，我又重复了一遍。我知道我会做到的，我真的希望那样，因为我必须成功。我……

"时间到了。"

巴姆博站在我身边了。我跳起来，盯着前方，我已经准备好了。

那边也响起了佩里叫喊的声音，但是也只是一秒钟的事情。

巴姆博推开门的一刹那，观众们像往常一样欢呼起来。我看见了这一切，也感觉到了观众们的欢呼，但是我却听不见任何声音。我只是向前走着，走进我自己的世界，走进一场真正的比赛。

我越过绳索，爬上拳击台。

我脱掉了外套。

我没有看他，虽然我知道他就在那里。

但是，我求胜的欲望更加强烈了。

就是现在。

裁判员。

讲述了规则。

然后是一片沉默。

我低头看着自己的脚。

不去看鲁本。

距离比赛开始还有几秒钟的时间——这真是令人窒息的几秒钟，但我只是在安静地等待着。脑海中回放着曾经训练的出拳方式和手法——我现在需要它们。我心中充满了恐惧，还有对未来和真相的追逐，这种感觉狂热地流淌在我的血液中，我是沃尔夫中的一员，卡梅隆·沃尔夫。

比赛开始的铃声响了。

铃声响起，观众发出更加疯狂的欢呼声和呐喊声。

我向前发起了第一次进攻，但是打偏了。紧接着，鲁本一闪身，一拳打在我的肩上。没有慢慢开始的过程，也没有热身阶段，更没有让人观望的时间。我拼命地移动着步伐，然后突然从下面开始进攻，我打到他了，狠狠地打在了他的下巴上。我做到了，因为我那么渴望胜利，而他只是为了寻找受伤的感觉。他和我比赛，只是想找寻一下被击打的感觉，而我是唯一一个能在赛场上打倒他的人。

每回合三分钟。

就是这样。

拳头、疼痛，还有笔直站着的我们。

我再一次体会到自己的拳头打在哥哥身上的感觉，这次狠狠地打在了他的胃部。作为报复，他的右拳打在了我的左眼上。整个一回合比赛，我们都在不停地轮流进攻。没有跑动，没有绕圈，只有猛击。最后，鲁本把我击倒了。他把我的头压向后面，我觉得呼吸都变得困难了。我的腿失去了知觉，这时候，第一回合结束了，我径直走回我这边的拐角。

我等待着。

盼望着。

比赛重新开始，我希望鲁本能够感觉到，他已经参与到真正的比赛中了。第二回合，我必须让他确信这一点。

比赛继续，一开场鲁本就打出两记刺拳，但是都没有打到我。我紧接着回击一记上勾拳，也打空了。鲁本开始急躁起来，试着想要钩住我，但是这一举动让他身子露出了空门。我一记重拳轰在他上颚上，非常完美的一拳。

他身体有些摇晃。

他被我逼到了一边的角落里，我把拳头抵在他的脸上，划过他的眼角。他很镇定，不断挣扎着，想办法脱身。然后就没有什么激烈的攻击了，我尽量都停留在他的攻击范围外。我再一次打在他的下巴上。好棒的一拳，真是太帅了，我赢了第二回合比赛。

"你已经在参加一场真正的比赛了。"我告诉他，我只说了这一句话，鲁本直直地看着我，想要穿透我的心里，读懂我所有的想法。

第三回合他的攻击更加猛烈了，两次把我逼到边绳附近，但是只有几拳进攻可以真正得分。他呼吸越来越沉重，我也筋疲力尽了。当回合间铃声响起的时候，我耗尽最后一点儿力气，一屁股坐到凳子上。我瞥了鲁本一眼，佩里正在和他说话。我仿佛看见了妈妈的脸，她正在起床准备去加班。我仿佛看见了爸爸的脸，他正坐在就业服务中心的台阶上。我看见了史蒂夫，他为了自己的生活在努力奋斗着，也为了爸爸，简单地说了一句，"嗨，爸爸。"我也看见了莎拉，她正在努力地消除我们之间的隔阂。现在，我终于看见了我自己。

"他害怕失败。"巴姆博告诉我。

"好的。"

第四回合，鲁本重新振作起来。

他只打偏了一次，打中了我好几拳。他左手拳特别凶狠，把我逼迫在他这边的角落里。我抓到了一次机会，打到了他的上颚。但这也是最后一次。

第四回合结束的时候，我还倚在绳子上，差点儿被打出拳台。

这一次，铃声响起的时候，我寻找自己的角落。哦，还有好几米远呢，我摇摇晃晃地走过去，一下子扎进了巴姆博的怀抱。

"嘿，伙伴。"他告诉我，但是我却觉得他离得那么远，为什么会有这种感觉呢？"我认为你不应该参加最后一回合了，你受伤已经够多了。"

我也意识到了这一点。

"让我打完吧。"我请求他。

铃声响起，裁判把我俩叫到场地中间。最后一回合比赛前，选手要互相握手。每次都是这个样子的……直到今天。

我被眼前的这一幕震惊了。

这是真的吗？我问自己，因为，鲁本正带着一只手套站在我面前，他的目光迎着我。他只有左手带着一只拳击手套，就像我们每次在后院玩耍的时候一样。他正站在那儿，就站在我面前，脸上还微微闪着光。他是沃尔夫，我也是沃尔夫。我从来都不会告诉哥哥我有多爱他，他也从来都不会对我这样说。

不会的。

我们只会这样……

这是我们唯一表达自己感情的方式。

这就是我们，这就是我们能做到的唯一的表达方式。

它具有特别的意义，它和一些事情有着斩不断的联系。

我转身。

回到了自己那边。

我摘掉了牙套，和我左手上的手套，递给巴姆博，他接了过去。

爸爸妈妈正在人群中，看着眼前发生的这一切。

我的脉搏似乎停止了跳动。

裁判员喊着什么。

"注意（sight）"？

他是在喊这个词吗？

哦，不是，是"比赛（fight）"，尽管……

我和鲁本看着对方。他走上前来，我也是。人群像炸开了的油锅般沸腾了。

第一拳打过来了，接着又是第二拳。

就这样开始了。

鲁本挥舞着拳头，打中了我的下巴。

结束了。我受伤了，我……但是我依旧还了一拳，只是没打到。我不能屈服，今晚绝对不可以。至少现在不可以，一切都要取决于我能不能站起来。

我又中拳了，这一次，整个世界都定格了。鲁本还站在我对面，只戴着一只拳击手套，他把双手叉在了腰间。又是一片寂静，这种沉默被佩里打破了，他的话还是那样熟悉。

"把他干掉！"他喊道。

鲁本看看他，又看看我。

他告诉他："不。"

我看到他们了，爸爸和妈妈。

我突然间倒了下去。

哥哥一把抓住我，把我扶了起来。

对战鲁本·沃尔夫，他却扶起了我。

对战鲁本·沃尔夫，我身上好痛。

对战鲁本·沃尔夫，一场真正的比赛。

对战鲁本·沃尔夫，不仅仅是和他的一场比赛，还有其他的含义……

"你还好吗？"他轻声问我。

我什么话也没说，趴在哥哥的肩上大哭起来，任由他支撑着我的身体。我的手已经失去了知觉，我的血管就像是要爆了一般。我的心情沉重而痛苦，我就像一条被痛打的狗一样，身上到处都疼。

没有发生其他的事情。铃声响了，比赛结束了。我们却还站在那里。

"结束了。"我说。

"我知道。"我能感觉到鲁本笑了笑。

接下来的几分钟，我们穿过熙熙攘攘的人群，回到休息室里，我换好了衣服等着鲁本。

今晚，因为妈妈的原因，我们很快就离开了赛场。我们是在小货车里碰的面。

外面好冷。

我们开车回家，车里依然是一片寂静。

妈妈在家门廊下停下，拥抱我们俩。然后，她也拥抱爸爸，他们一起走进去了。

我们站在外面，听见莎拉从厨房里传出的声音："谁赢了？"

我们也听见了回答。

"没有人。"爸爸说。

妈妈从里面向我们喊道："小伙子们要不要吃晚饭啊？我这就要做饭了。"

"吃什么啊？"鲁本满怀希望地问道。

"跟往常一样。"

鲁本转向我，说："肯定又是豌豆汤，真是丢人呐。"

"是啊，"我表示赞同，"但是，别无选择。"

"是的，我知道。"

我打开纱窗门，走进厨房，想看看饭做得怎么样了，往日熟悉的味道又扑进了我的鼻子里。

卡梅隆夜话

"嘿，鲁本？"

我们坐在前门廊，在夜色中，喝着豌豆汤。

"什么？"

"几周之后，你一定会赢得轻量级比赛的，是不是？"

"我想可以吧，但是我明年不会再参加比赛了，我会告诉佩里这件事的。"他大笑道，"这段时间真是不错的回忆，是不是？佩里，比赛，还有所有的事情。"

我自己也不知道什么原因，就笑了起来："是的，我也这样觉得。"

鲁本厌恶地低头看着他的汤，"今晚真是很震撼啊。"他舀起一匙汤，又重新放回碗里。

一辆汽车经过。

米菲叫了起来。

"我们来了！"鲁本喊道，他站起来，"来，把你的碗给我。"

他把碗拿进厨房，回来之后，我们便离开了长廊去牵米菲。

走到大门口的时候，我让哥哥停了下来。

我问："等拳击比赛结束了之后，你准备干什么？"

他不假思索地答道："我要不断地追寻生命的意义，然后紧紧

格斗

地抓住它。"

然后，我们戴上帽子，走了出去。

街道。

世界。

还有我们。